明皐全集

이 책은 2013~2015년도 정부(교육부)의 재원으로 한국고전번역원의 지원을 받아 수행된 '권역별거점연구소협동번역사업'의 결과물임.

This work was supported by Institute for the Translation of Korean Classics - Grant funded by the Korean Government.

韓國古典飜譯院 韓國文集校勘標點叢書 / 成均館大學校 大東文化研究院

明皐全集 1

徐瀅修 著

李奎泌 姜珉廷 校點
李承炫 張星德

凡例

1. 이 책은 徐瀅修의 文集인《明皐全集》을 校勘·標點한 것이다.
2. 이 책의 底本은 韓國文集叢刊 第261輯에 실린《明皐全集》이다.
3. 底本에 쓰인 異體字와 俗字는 代表字로 고치고 校勘記를 달지 않았다. 代表字의 판단은 韓國古典飜譯院 '이체자 정보검색시스템'을 準據로 하였다.
4. 筆寫 과정에서 관행적으로 通用하던 글자는 文脈에 맞게 고쳐 쓰고 校勘記를 달지 않았다.
   例) 己 已 巳
5. 이 책에 사용한 標點符號는 다음과 같다.

   。   疑問文과 感歎文을 제외한 文章의 끝에 쓴다.

   ?   疑問文의 끝에 쓴다.

   !   感歎文이나 感歎詞의 끝, 강한 語調의 命令文·請誘文·反語問의 끝에 쓴다.

   ,   한 文章 안에서 일반적으로 句의 구분이 필요한 곳에 쓴다.

   、   한 句 안에서 병렬된 語彙 및 名詞句 사이에 쓴다.

   ;   複文 안에서 並列·漸層·因果 등으로 긴밀하게 연결된 句節 사이에 쓴다.

   :   직접인용문을 제기하는 말 뒤 및 話題 혹은 小標題語로서 文章을 이끄는 語句 뒤에 쓴다.

   " " ' '   引用 또는 强調하는 말을 나타내는 데 쓰되, 1차 引用에는 " "를, 2차 引用에는 ' '를, 3차 引用에는 「 」를, 4차 引用에는 『 』를 쓴다.

   【 】   原文의 註를 나타내는 데 쓴다.

   ·   書名號(《》) 안에서 書名과 篇名 등을 구분하는 데 및 모점(、) 하위 단위의 병렬에 쓴다.

   《 》   書名, 篇名, 樂曲名, 書畫名 등을 나타내는 데 쓴다.

   ＿   人名, 地名, 國名, 民族名, 建物名, 年號 등의 固有名詞를 나타내

는 데 쓴다.

字   校勘記의 인용문 중에서 중요한 字句를 표시한다.

▨   판독 불가능 글자를 표시한다.

□   빠진 글자를 표시한다.

6. 이 책의 底本은 原稿 위에 최대 3차에 걸쳐 수정이 가해진 校正稿인데, 일반적인 校正稿와 달리 수정 후가 수정 전보다 반드시 完整해졌다고 할 수 없다. 이 교감표점서는 교정고의 교정 사항을 다음과 같이 네 가지 유형으로 분류 처리함으로써 교정 전후의 모습을 모두 알 수 있게 하였다.

① 삭제하도록 표시된 작품: 해당 작품의 첫머리에 '〔校正稿 削除 標示作〕'을 표시하고 해당 작품 전체를 흐린 글자로 처리하였다.

② 수정된 字句: 校勘記에 '校正稿 수정사항'이라고 표시하고 원글자를 밝혔다.

③ 추가된 字句: 校勘記에 '校正稿 가필사항'이라고 표시하였다.

④ 삭제하도록 표시된 字句: 본문은 삭제 표시를 따르고 校勘記에 해당 자구를 밝혔다.

目次

明皐全集　卷二

詩

明皐全集 卷三

疏啓

明皐全集　卷四

疏啓

明皐全集 卷五

書

明皋全集　　標點

學道關序
徐五如軒主人詩文序
明皋始有集序

《學道關》序〔陳崇本〕

天之生人，不能不予之以性，人卽不得自棄於學，世豈無一二拔俗之士？乃或限於方隅，或雜於聞見，不能自返而適於道者，以其被夫君師之敎，未深且遠也。

李生綸庵，朝鮮人。歲癸卯，從貢使來京師，能詩文，嗜風雅，蔚然東國之秀也。出其友徐子澄修所著《學道關》，請余一言以弁其首。其書三卷：曰天地、曰五行、曰萬物。自謂生平學道所得，勒爲一編。

予惟道者，率性之謂。一動一靜，身之境也，而未足以該情；爲知爲覺，人之情也，而未足以語性。若夫動靜之未來，知覺之未發，淵然寂然，是有性焉，所爲道也，其體則廣大，其蘊則精微。或管窺而漏，或蠡測而鑿，焉足以造乎道之域哉？

自董子首抉，"道之大原出於天"，又曰："天地之性，人爲貴。"昌黎著《原道》、《原性》，李翱著《復性書》，性與道固二而一者也。迄宋濂、洛、關、閩諸書，尤推本於心性。考亭氏言致知格物，而功要以居敬爲主，象山先生以爲"學苟知道，六經皆我註脚"。然則天地、五行、萬物，謂非性內之事，不可也；謂卽盡性之事而無事於學焉，不可也；學之而入於拘墟，失於最大，尤不可也。甚矣！學道之難也。

我國家敦崇正學，以性道爲治法之原，六合以內，泳聖涯而咀道妙，有自來矣。以故眞儒輩出，湯文正、陸清獻諸公體用明達，卓爲完人。所撰《潛菴集》、《三魚堂集》，皆能以文貫道，與儒先之旨相發明，非所爲探聖學之根源，揭性道之樞要者歟？

朝鮮之俗，工文字，喜談理，素稱禮教之國。而今讀徐子之書，文典而義奧，見博而論偉，精思妙悟，往往有前人之所未及到者，洵乎聖教洋溢，無遠不屆，遵王路而遵王道，樂與驗此心此理之大同也。語有之，"欲得茗華之孚尹，請徵諸垂示；欲得道人之所詣，請徵諸眉睫"。吾以斯卷爲徐子之眉睫云。

賜進士出身翰林院編修充文淵閣校理四庫館提調方略館纂修陳崇本撰。

徐五如軒主人詩文序〔徐大榕〕

翳南洲之華裔，乃東國之奇才。遠遡宗祊，難辨根株於蓬島；遙頒書冊，如聯款咳於瑤臺。

氷雪爲懷，炎熇不染；芝蘭其性，幽谷容栽。吐納煙雲，舊是神仙之骨；虛無刀簟，旋成錦繡之裁。洞啓琅函，曾探奇字；地連海嶠，并絕纖埃。製蝸舍之一椽，既長吟而抱膝；結霜巖之三友，同吸月以銜杯。

爾乃緣假乎天，夢傳夫鶴，識臭味之差池，聆壎篪之雅作。

肱曾三折，依研北以頻穿；豹止一斑，指山南而自澤。猶且虛衷至道，象取諸撝謙；集益多方，義從乎攻錯。師憨一字，居然妄肆丹鉛？富有百城，漫說早窺簾幕。

然而窮千里之目者，更上層樓；入五都之肆者，必求廉鍔。惜分陰而卜夜，長此披幃；汲古井以疏泉，終期飽壑。

僕也空瞻雲樹，難酬太白之杯；竊掌簿書，未涉燃藜之閣。學因所近，編摸倍切於童年；德自有隣，聲敎何殊于宣鐸？傾誠相告，奚須斗室雄談；異域論交，不在魚箋密約。君其尚友，方將弗愧乎古人；世有眞儒，當與共深其豪託。

晉陵惕菴徐大榕稿。

《明皐始有集》序〔徐有榘〕

《易》曰："剛柔交錯，天文也；文明以止，人文也。"又曰："成天地之文。"斯之謂三才之文，文之至者也。蓋爲文之道三，氣資乎天，法稽乎地，巧生乎人，一藝也而三極之道聚焉。

渾泡汪濊，濬源疏流，注溯瀧之水而放之渤澥者，以氣勝者也，無是餒；矜則典式，方軌準矱，操匠郢之斤而施之繩尺者，以法勝者也，無是散；陶汰鍛鍊，翦綴雕刻，導情婉而微，像形簡而逼，研精鉤深，神以明之者，以巧勝者也，無是刓。全於此，謂之大宗；偏於此，謂之小宗。若夫舒氣者，病肆；按法者，病柅；逞私者，病冶。而枵然無一於三者，謂之無文。

斯義也，蓋嘗受之吾仲父明皐先生，然未之有徵也。及先生年至强仕，拼擋巾篋，盡出平日所爲詩文，手削什之三，命有榘，編之爲一集。

旣卒業，仰而歎，曰："熊熊爾勃窣者，其氣乎；井井爾規度者，其法乎；犏犏爾摛藻者，其巧乎！舒而不肆，按而不柅，逞而不冶，讀先生之文而徵先生之言。"

旣而手卷而請名于先生。先生曰："其《始有》乎！昔公子荊善居室，始有曰'苟合矣'，少有曰'苟完矣'，富有曰'苟美矣'。今斯之名，志始也。繼此而集者，爲《少有》，爲《富有》，蓋將爲集者三云爾。"

有榘融然會怡然得，離席跽而曰："始取于天乎，少取于地乎，富取于人乎！《易》曰：'乾元資始。'又曰：'坤以簡能。'又曰：'富有之謂大業。'"

丁未日南至，從子有榘敬序。

明皐全集

卷一

詩

北壁【在湖西 永春縣界**1**】

☒棹南湖放，**2** 溯洄**3**北壁前。

漸開中有曲，尖出上連天。

邂逅成如此，人☒孰使然？**4**

題名同佛迹，**5**【羅浮山東麓，有佛迹幾十處，因名佛迹巖。**6**】苔沒欲

生蓮。**7**【步生蓮花，出佛家語。**8**】

島潭【在湖西 丹陽郡界**9**】

三峯亭峙雁行**10**開，飛閣高臨第二臺。

宛在水中如有待，【《詩》："宛在水中坻。"**11**】無根**12**山脚自何來？

【《列子》："海中五山之根無所連著。"**13**】

1 【校】在……界：校正稿 가필사항.
2 【校】☒棹南湖放：첫 글자 판독 불가. 校正稿 수정사항. 원글자는 "朝日棹歌發".
3 【校】溯洄：校正稿 수정사항. 원글자는 "蒼茫".
4 【校】人☒孰使然：두 번째 글자 판독 불가. 校正稿 수정사항. 원글자는 "安排定不然".
5 【校】題名同佛迹：校正稿 수정사항. 원글자는 "遊人皆舍去".
6 【校】羅……巖：校正稿 가필사항.
7 【校】苔沒欲生蓮：校正稿 수정사항. 원글자는 "吾未見眞仙".
8 【校】步……語：校正稿 가필사항.
9 【校】在……界：校正稿 가필사항.
10 【校】峯亭峙雁行：校正稿 수정사항. 원글자는 "分怪石一盆".
11 【校】詩……坻：校正稿 가필사항.
12 【校】根：校正稿 수정사항. 원글자는 "端".

春歸不逐桃花去，雨後偏看翠靄堆[14]。
到此天工逞巧手，瀛洲、方丈又蓬萊。【《史記》："海中有三神山，
名蓬萊、方丈、瀛洲，仙人居之。"[15]】

〔校正稿 削除 標示作〕
贈成川詩妓一枝紅

誰伴仙人畫閣中？【成川有伴仙閣】朝雲峯色久矇矓。
東風假爾傳消息，散作枝頭萬點紅。

〔校正稿 削除 標示作〕
恬波亭次有本寄示韻

經營幾日返茅茨？風雨攸除故少遲。
天下已無如意事，人間何恨不吾知？
清蟬在樹秋聲近，晚棹乘潮月色宜。
獨臥靜聽沙際語，漁翁生理最於斯。

13 【校】列……著：校正稿 가필사항.
14 【校】靄堆：校正稿 수정사항. 원글자는 "氣廻".
15 【校】史……之：校正稿 가필사항.

族侄休伯【有容】自廣湖舟訪恬波亭

晚計江湖矢不遷，木纓蓑笠送殘年。

天光綠水溶溶晝，漁火黃昏點點船。

久息機心門欲掩，夬開佛眼界無邊。【佛家語。無邊刹海，不隔毫端，果熟因圓，自然發現。[16]】

丁寧惠好前宵約，未了東岡數畝田。

寒泉夜坐與[17]金生安基拈《滄溟集[18]》韻

薄入城闉信宿遲，【《左傳》："一宿爲舍，再舍爲信，過信爲次。"[19]】小簷殘暑惹歸思。

時將七夕星流火，【《詩》："七月流火。"[20]】夜到三更月上枝。

言論各從吾所好，心期何必舊相知。

明朝踏向玄江路，老柳西風拂面吹。

16　【校】佛……現：校正稿 가필사항.

17　【校】與：校正稿 수정사항. 원래는 '與' 뒤에 두 글자가 있었는데, '■■'의 형태로 지워져 판독할 수 없다.

18　【校】集：校正稿 가필사항.

19　【校】左……次：校正稿 가필사항.《春秋左氏傳》莊公 3年 해당 부분 기사는 "凡師一宿爲舍，再宿爲信，過信爲次".

20　【校】詩……火：校正稿 가필사항.

高陽道中次金生贈別韻

三宿自今喚是秋，猶然暑氣欲金流。
蟬聲遠近皆淸韻，雨意東南[21]更旅愁。
未狎白鷗離水渚，【《列子》: "海上之人狎鷗。"[22]】獨留淸月在江樓。
頻年慣踏西關路，對面靑峯小店頭。

〔校正稿 削除 標示作〕
花石亭

夜宿臨津店，朝過栗老門。
江山猶故主，風月又還魂。
樹拱千年色，雲重十里村。
先生今不見，閑坐誦遺言。

蕙秀石泉

胚胎應淑氣，流派自仙源。
韻合松風轉[23]，寒添玉露翻。

---

21 【校】南: 校正稿 수정사항. 원글자는 "西".
22 【校】列……鷗: 校正稿 가필사항.
23 【校】轉: 다른 글자로 수정하려하다가 다시 되돌린 듯하다. 정확히 판독할 수

前途餘幾里，山日任黃昏。

無遠歸期在，石蘿會更捫。

過拜從叔瑞興任所。土洞遄自浿營至，半日打話，行發到劍水

青羅帶水劍鋩峯，【韓詩：“江作青羅帶。”柳詩：“海上群山似劍鋩。”[24]】

茅屋松籬一[25]壑封。【蘇詩：“竹籬茅屋趁溪斜。”[26]】

行遠兩州留使客，【劍水在瑞興、鳳山兩州之間，置一長亭以待使客。[27]】

地中三路號要衝。

農歌已占祁祁祝，風俗猶多貿貿容。

朝店忽成親戚會，小杯餘醉至今濃。

〔校正稿 削除 標示作〕

七分室與金生分韻共賦

未暖玄湖席，還移竹裡居。

梅花寒更圻，落木夜俱虛。

없어 원글자대로 둔다.

24 【校】韓……鋩：校正稿 가필사항.

25 【校】青……一：校正稿 수정사항. 종이를 새로 덧대어 썼기 때문에 원글자는 알 수 없다.

26 【校】蘇……斜：校正稿 가필사항.

27 【校】劍……客：校正稿 가필사항.

排愁頻呼韻，論心勝讀書。
來春多信息，活計問何如？

〔校正稿 削除 標示作〕
與柳琴彈素會恬波亭。有本、有榘期不至

三月經營久，一宵聚會成。
江心人有語，窓外雪無聲。
白髮期如舊，青霞吐不平。
遙憐塵世夢，難弟又難兄。

〔校正稿 削除 標示作〕
偶和圃巖韻

氷江初合夜來風，寒月徘徊鏡面中。
直是人情隨境幻[28]，已多淸韻掃塵空。
農家峙積秋光斂，漁戶生涯雪路通。
百事由來爲口腹，漫飛獨有數群鴻。

---

28 【校】境幻：校正稿 修正事項. 원글자는 "處變".

憶中州三君子²⁹【三首³⁰】

芷塘秋色綠錢多，匹練襟期鬢共皤。
四庫三通讎對後，【芷塘爲四庫三通編校官故云】丹鉛暇日好輕磨。
【右屬祝芷塘德麟】

其二

秋庫耽佛律耶禪？【法顯《記》："律者，佛所教人之本旨。禪之說創於
達磨，自稱教外別傳。"³¹】 北秀南能摠幻筌。³²【神秀北宗，惠能南
宗，此所謂南北兩宗。³³】
何似吾儒潔淨地，新書幾種足窮年？【秋庫近聞入定故云³⁴】
【右屬潘秋庫庭筠】

其三

雨村器度壓時人，餘事³⁵文章落海濱。
驛路三千消息斷，聲聞空界³⁶【佛家十界，第四界爲聲聞界。³⁷】摠

---

29 【校】憶中州三君子：저본에는 제목의 상단에 위치를 확정할 수 없는 8자의 두
주가 가필되어 있으나, 수정자가 삭제하여 글자를 판독할 수 없다.

30 【校】三首：校正稿 가필사항.

31 【校】法……傳：校正稿 가필사항.

32 【校】北……筌：저본의 상단에 위치를 확정할 수 없는 37자의 두주와 '전(筌)'
에 대한 주석 가필되어 있으나, 수정과정에서 삭제하였다. 《摩訶摩耶經》:
'正法衰微, 六百歲有一比邱曰馬鳴, 善說法。, 又七百歲有一比邱曰龍樹, 善說
法。'《莊子》: '得魚而忘筌。'"

33 【校】神……宗：校正稿 가필사항.

34 【校】秋……云：校正稿 수정사항. 교정과정에서 삭제되었다.

35 【校】餘事：校正稿 수정사항. 원글자는 "況有".

非眞。【行人之歸，或傳雨村得罪謫去。】

【右屬李雨村調元】

次柳彈素《今夕是何夕歌》，遙頌李雨村[38]

玄浦觀魚[39]

送柳得恭惠風之瀋陽[40] 三首

【　　　父議政公差問安使。余以子弟軍官行，且戒要惠風贈言。旣而議政公因事遞，惠風又從書狀官去，要余贈言，故末句云。】

〔校正稿 削除 標示作〕

其二

塞月初圓朔氣收，遼陽城下路悠悠。

36 【校】聲聞異界：校正稿 修正사항. 원글자는 "紛紛異聞".

37 【校】佛……界：校正稿 가필사항.

38 【校】이 시는 목차에 제목만 남아있고 해당 작품 부분은 절취되어 없다. 고의적으로 삭제한 것인지 우연히 떨어져 나간 것인지 자세히 알 수 없다.

39 【校】이 시는 목차에 제목만 남아있고 해당 작품 부분은 절취되어 없다. 고의적으로 삭제한 것인지 우연히 떨어져 나간 것인지 자세히 알 수 없다.

40 【校】이 시는 제목과 첫수 전체와 첫수 아래에 부기된 원주의 일부분이 절취되어 결락되었다.

蒼茫野色三千界，滅沒人煙一點州。

極目但知天上際，停驂遙聽水東流。

多君不負平生志，數十年來始壯遊。

〔校正稿 削除 標示作〕

其三

天子旌旗出瀋陽，行人玉帛自東方。

秋風故國樓臺白，八月關、河黍粟黃。

文話須憑于學士，【于公敏中時爲內閣學士】舊知元有李銓郎。【李公調元時爲吏部員外郎】

男兒快事無如此，四海應傳錦繡章。

十月既望恬波亭小[41]集

吾愛吾廬岸大江，中宵虛白掩[42]書窓。【虛室生白出《莊子》[43]】

話除[44]凡俗琴三疊，几淨緇塵燭一雙。

贔屭影流臨渚月，咿啞聲在釣魚艭。

隣童早販蔓菁去，唱罷晨鷄又吠尨。

41 【校】小：校正稿 수정사항. 원글자는 "少".

42 【校】掩：校正稿 수정사항. 원글자는 "點".

43 【校】虛……子：校正稿 가필사항.

44 【校】除：校正稿 수정사항. 원글자는 "際".

菊花行【五首[45]】

菊之爲花有四美：早植晚發，君子德也；杯中體輕，神仙食也；圓華高懸，準天極也；清霜不摧，勵勁操也。是以君子多取之。余於暇日，得菊花五種，欲以托歲寒之期，遂賦詩五首以識之，亦自附於古君子所取之微意云爾。

1.

我有黃鶴翎，數枝一盆栽。

藥合暈猶重，香綻色方回。

縱似谷鷿羽，清姿更崔嵬。

縱似茱萸叢，金露爛瓊瑰。

我聞菊花色，以黃爲正胎。

衆皆春陽發，汝獨秋陰開。

黃是陰中正，后裳所由裁。【《禮》之鞠衣，卽《易》之黃裳。后妃之服名，而取陰中之正色。[46]】

君子取其德，不偏又不隤。

【右黃鶴翎】

2.

我有紅鶴翎，嫋嫋近前除。

---

45 【校】五首：校正稿 가필사항.

46 【校】禮……色：校正稿 가필사항. 1차 가필 후에 재수정한 것임. 원글자는 지워져 판독할 수 없다.

能化桃李質，燁敷雪霜餘。

微雨清一洗，濃郁錦初舒。

丹楓映數枝，佳麗畫不如。

我聞菊花色，紅艷最稀疏。

疏則物所貴，艷則人所畬。

豈嫌黃太多？司花別吹噓。

君子取其文，令聞又廣譽。【《孟子》："令聞廣譽施於身，不願人之
文繡也。"⁴⁷】

【右紅鶴翎】

3.

我有白鶴翎，疏影自成陰。

玉梅嫌紅粧，仙人披素襟。

皓月渾光華，錯向庭畔尋。

清霜迷蹤迹，同此歲寒心。

我聞菊花色，無如白滿林。

秋於時爲金，白於色爲金。【《漢·志》："日行西陸⁴⁸謂之秋。"《白虎
通》："金在西方，西方者陰始起。"《周禮》："以白琥禮西方。"⁴⁹】

秋以白爲花，物理斯可諶。

---

47 【校】孟……也：校正稿 가필사항.

48 【校】陸：저본에 '降'으로 되어 있으나,《天中記》에 "日行西陸謂之秋."라고 하
고,《記纂淵海》에 "日行白道曰西陸, 謂之秋."라고 한 것에 근거하여 바로잡
았다.

49 【校】漢……方：校正稿 가필사항.

君子取其潔，琅玕又球琳。

【右白鶴翎】

4.

我有一種菊，名曰禁苑黃。

不許湘濱餐，【《楚辭》："夕餐秋菊之落英。"⁵⁰】 肯向陶籬香？【陶淵明自稱"松菊主人"。⁵¹】

芳根自瑤陛，晚節傳海鄉。

妍妍如不勝，微風與翱翔。

暗暗如有送，朝露猶湑瀼。

開遲三翎後，萎趁千林荒。

自古人愛惜，天必奪之忙。

吾且辛勤護，以永三秋光。

【右禁苑黃】

5.

我有一種菊，名曰醉楊妃。

不知前楊妃，何以名芳徽。

且道眞楊妃，能葆傲霜緋？

因人名諸物，爲其同德機。【同德機，字出《莊子》。⁵²】

苟取色斯止，楊妃又孰非？

---

50 【校】楚……英：校正稿 가필사항.
51 【校】陶……人：校正稿 가필사항.
52 【校】同……子：校正稿 가필사항.

我將醉處士，肇錫表光輝。

千秋能愛菊，淵明始闡微。

然後名言順，寒圃庶無譏。【韓魏公《菊花》詩："老圃秋容淡，寒花晚節香。"⁵³】

【右醉楊妃】

〔校正稿 削除 標示作〕

志感

忘言忘世又忘年，强學西方入定禪。

心似冷灰噓不起，形如槁木動無緣。

何曾少被窮經力，猶且欣看悟道篇。

商略平生成底事？蒼茫佛海劇風煙。

送李喜經綸庵之燕【七首⁵⁴】

輕衫婉晚薊雲飄，復送綸庵去渡遼。

蝸舍獨披黃卷坐，【焦先、楊沛竝作圓舍，屯其中，謂之蝸牛廬。⁵⁵】

有誰知是一邦翹？

53 【校】韓……香：校正稿 가필사항.
54 【校】七首：校正稿 가필사항.
55 【校】焦……廬：校正稿 가필사항.

其二

戎裝匹馬出三韓，行盡灤河意更寬。【灤河在瀋陽地[56]】

薄海名流今幾許，長程古迹摠堪看。

其三

五原四塞控襟長，自古皇都奠冀方。

想像蘆溝煙歇後，【蘆溝，橋名。[57]】摩清金碧爛文章。

其四

九陌縱橫連狹斜，【《三輔舊事》："長安城中，八街九陌。"[58]】闠塵市

坌劇繁華。

浪尋十二橋頭月，午夜歸來再點茶。

其五

西湖才子夢如絲，【潘秋庫詩云："我家西子湖頭樹，嫩綠深紅二月時。

如此江南歸不得，軟塵如粉夢如絲。"】巴峽詩人【李雨村，巴蜀人。】面

不疏。

此去也應多信息，春風須唱谷鶯詞。

其六

范閣【范氏有天一閣】鮑樓【鮑廷博以儲書名天下】各自誇，　芸香近

---

56 【校】灤……地：校正稿 가필사항.

57 【校】蘆……名：校正稿 가필사항.

58 【校】三……陌：校正稿 가필사항.

日又誰家？

偏方亦有書淫在，携取奇文滿五車。【惠施五車，出《莊子》。[59]】

其七

使事無關一布衣，新篇料得富今遊。

東歸盤谷摩挲日，【盤谷，卽綸庵所居地名。[60]】悔道三千客路愁。

堂后直中與沈義人【晉賢】對坐。李順汝【祖承】、李星瑞【崑秀】自翰
苑送示《喜雨詩》要和。遂與義人，共次其韻

一霈今朝萬象圓，上林滴翠劇風煙。

久懸民望方如渴，終格宸誠驗有天。

菡萏香清涼枕簟，楊溝流泛沒庭甎。【長安御溝，名曰楊溝。 出
《長安志》。[61]】

承明故事欣相睹，【《漢書》："嚴助爲會稽太守。帝賜書曰：'君厭承明
之廬。'"　張晏曰："漢承明廬在石渠門外。[62]】　喜雨[63]詩筒唱四仙[64]。
【唐近臣有《喜雨詩》唱和，見《白香山集》中。堂后有四仙閣，以兩翰林

59　【校】惠……子：校正稿 가필사항. 1차 가필 후에 재수정한 것임. 1차 가필에
　　　는 '惠'가 '四'로 되어 있다.

60　【校】盤……名：校正稿 가필사항.

61　【校】長……志：校正稿 가필사항.

62　【校】漢……外：校正稿 가필사항.

63　【校】喜雨：校正稿 수정사항. 원글자는 판독 불가.

64　【校】唱四仙：校正稿 수정사항. 원글자는 판독 불가.

兩注書謂之四仙也。[65]】

與義人和息庵韻, 送示順汝、星瑞兩益

朝朝呵引赴宸清,【呵引, 卽翰注前引之朝章。[66]】 小吏傳呼禮數
成。
右位風稜堪戲劇, 太平記注但陰晴。
遙簷不斷[67]霏微色, 近樹猶聞淅瀝聲。
寄語諸君須勉勉, 文明至象瑞躔生。

清水出芙蓉【《新豐》一首當在此上[68]】

群芳移節序, 秋意近芙蓉。
素質難爲飾, 紅心獨自丰。
蘋蘩猶水面, 桃李但春容。
濂老方知愛,【周濂溪有《愛蓮說》[69]】 臨池屢植筇。

---

65 【校】唐……也：校正稿 가필사항.

66 【校】呵……章：校正稿 가필사항.

67 【校】不斷：校正稿 수정사항. 원글자는 판독 불가.

68 【校】新……上：校正稿 가필사항. 이 뒤에 5자가 있으나 수정 과정에서 지워
판독할 수 없다. 《明皐全集》에는 《新豐》이라는 작품이 없다. 또 원래 제목
아래 '以下十二首, 竝抄啓應製'라는 원주가 있었는데, 이중 '二' 자가 교정자에
의해 '八'로 수정되었다가, 다시 원주 전체를 지우는 것으로 최종 수정했다.

69 【校】周……說：校正稿 가필사항.

疏雨滴梧桐

涼氣先秋滿碧桐，淡雲輕靄細濛濛。

玄蟬抱葉添新響，彩鳳移棲舞晚風。【《莊子》："鵷雛非梧桐不止，非練實不食，非醴泉不飲。"註："鵷雛，鳳雛也；練實，竹實也。"[70]】

可但籠陰宜月色？好看滴翠洗塵叢。

知時潤物皆天意，繁衍孫枝永不窮。【蘇東坡《梧桐詩》："下有孫枝欲出林。"注："凡木皆本實而末虛，惟桐反是，琴用孫枝爲貴。"[71]】

旋隨新葉起新知

往過來續摠精神，培得靈苗日日新。【張子詩："芭蕉心盡展新枝，新卷新心暗已隨。願學新心養新德，旋隨新葉起新知。"[72]】

牛畝繁陰方自愛，八窓初影更堪親。【牛畝八窓，皆用儒家論。四五。[73]】

虛中[74]靜看存心妙，【熊禾解張子詩義曰："新心養新德，存德性之工也；新葉起新知，道問學之工也。"[75]】灑墨還勝[76]種紙人。【唐僧懷素

---

70 【校】莊……也：校正稿 가필사항.

71 【校】蘇……貴：校正稿 가필사항.

72 【校】張……知：校正稿 가필사항.

73 【校】牛……五：校正稿 가필사항.

74 【校】中：校正稿 수정사항. 원글자는 "心".

75 【校】熊……也：校正稿 가필사항.

76 【校】還勝：校正稿 수정사항. 원글자는 판독 불가.

貧無紙, 常種芭蕉以供揮灑。⁷⁷】

庭艸林梅皆玩物,【庭草<u>周子</u>事. 林梅<u>邵子</u>事。⁷⁸】一般生意占氳
氤。

萬年枝

絳霞初拂上林枝, 池翠籬黃競妬奇。

慶節於今添是月,【兩朝慶節, 俱在九秋; 而春宮誕辰, 又添是月。⁷⁹】
秋容從古報如期。

根蟠玉陛疑裁錦, 葉綴銅罳若染脂。【古人詩: "一林蜀錦橫秋色,
萬葉臙脂染夜霜。"⁸⁰】

肇錫萬年符瑞志,【<u>沈約</u>作《宋書》. 創之《符瑞》一志。⁸¹】詞臣華祝
又新詩。

77 【校】唐……灑 : 校正稿 가필사항.

78 【校】庭……事 : 校正稿 가필사항.

79 【校】兩……月 : 校正稿 가필사항. 이 뒤에 두 자가 더 있으나, 수정 과정에서
지워 판독할 수 없음.

80 【校】古……霜 : 校正稿 가필사항.

81 【校】沈……志 : 校正稿 가필사항. 이 앞에 "史有符瑞志" 5자가 있었으나, 수
정 과정에서 삭제하라는 표시를 하였음.

〔校正稿 削除 標示作〕

晚節香

秋菊有佳色，東籬一束香。
秪應誇晚節，不肯競春芳。
霜下知爲傑，陰中獨葆陽。
最多君子愛，令辰泛樽黃。

〔校正稿 削除 標示作〕

藍田日暖玉生煙

琅玕千尺種藍田，孚尹潛通錦瑟邊。
美質溫溫初潤石，朝暉燦燦更生煙。
但將律呂調和氣，非是玫瑰飾雅絃。
曉蝶春鵑無限意，終條玉振樂之全。

〔校正稿 削除 標示作〕

橘老

藐姑氷雪隔先天，【藐姑氷雪，見《莊子》。82】《橘譜》年來異事傳。

82 【校】藐……子：校正稿 가필사항. 이 뒤에 7자가 더 있었으나, 수정 과정에서

一瓣淸香歸道士，四隣珍菓待神仙。

終令齊野荒唐說，謾托巴園弔詭篇。

凝酒玉塵還有否？十洲外史太荒顚。

警枕

焚膏兀兀自窮年,【韓文："焚膏油以繼晷，恒兀兀以窮年。"[83]】底事
先生一枕圓？

最妙聖功存夜氣，不須苦劑攪酣眠。【唐柳公綽，粉苦蔘´黃連´熊
膽，和爲丸，賜諸子。每永夜習學，含之以資勤苦。[84]】

起看河曲寒星爛，驚聽牀頭曉漏傳。

已到七分猶惱惱，【先儒以溫公爲七分人[85]】晚來相業賴遺篇。

〔校正稿 削除 標示作〕

十月都人供暖窖

橘綠橙黃屬小春,【《歲時記》："冬至謂之小春。"[86]】西京暖扇又都

　　지워 판독할 수 없음.

83　【校】韓……年：校正稿 가필사항.

84　【校】唐……苦：校正稿 가필사항.

85　【校】先……人：校正稿 가필사항. 이 앞에 7자가 더 있었으나, 수정 과정에서
　　지워 판독할 수 없음.

86　【校】歲……春：校正稿 가필사항. "冬至"와 "謂之" 사이에 7자가 있었으나 수

人。

笑他文簟三秋屏，每共輕裘十月親。

翻反豈惟迎爽氣？團圓爲是蔽涼塵。

好將佳句添時物，風土記中事更新。

放夜

邏警弛三夜，佳辰月滿橋。

千門遲報漏，九陌乍回朝。

曙色通魚鑰，【東坡詩："魚鑰未收淸夜永。"注："鑰必以魚者，取其不
瞑目守夜之義。"[87]】和風引鳳簫。

繁華今夕最，處處太平謠。

翠管銀罌下九霄

嘉平傳盛事，殊錫自雲霄。

罌酌恩波闊，管凝瑞靄飄。

春光迎是日，蜡澤[88]又今朝。【《禮記》："孔子曰：'百日之蜡，一日
之澤。'"[89]】

정 과정에서 지워 판독할 수 없음.

87 【校】東……義：校正稿 가필사항.

88 【校】蜡澤：校正稿 수정사항. 원글자는 "椒頌".

擎出相歡告，吾儕聖渥饒。

〔校正稿 削除 標示作〕
岸容待臘將舒柳

節序嘉平近，長堤柳色舒。
春光潛漏洩，地氣暗吹噓。
淡蕩隨風際，輕盈挹雪餘。
三陽開泰運，綠葉正紛如。

元子宮輔養官相見禮時，入侍承史，聯句識喜

青邱茀祿繞虹歌，【兼都承旨尹塾】東陸祥暉萬品和。
岐嶷恭瞻衣尺長，【行左承旨李亨逵】溫文夙就德容多。
上元光協《重輪月》，【行右承旨朴祐源】法酒恩沾少海波。
喜氣同春盈宇宙，【左副承旨李養鼎】洪基此日奠山河。
賓師初引离筵敞，【右副承旨吳大益】聖主無憂寶座峨。
禮始沖齡尊匕鬯，【同副承旨李時秀】才求良輔育菁莪。
爭居前列欣先睹，【史官[90]徐瀅修】幸忝周行喜倍他。

89 【校】禮……澤：校正稿 가필사항.
90 【校】史官：校正稿 수정사항. 원글자는 "假注".

從此銅闈開法講，【史官[91]朴能源】旁招賢士禮爲羅。【兼都承旨尹塾】

〔校正稿 削除 標示作〕
大殿端午帖

晶晶日在井之東，暖律宮琴導八風。
地臘初回槐夏半，天時正屬麥秋中。
居高益闡文明象，養物均沾造化功。
桃印蘭湯非善祝，寸毫規諫愧歐公。

〔校正稿 削除 標示作〕
其二

今朝瞻殿角，絲雨喜占農。
仙艾垂門綠，香蒲泛斝濃。
撫辰奎彩動，亭午日暉重。
千一聲明會，微臣幸自逢。

〔校正稿 削除 標示作〕
其三

佳辰劍佩引雙雙，朝日瞳矇照瑣窓。

---

91 【校】史官：校正稿 수정사항. 원글자는 "假注書".

侍臣共識天顏喜，瑞麥[92]如雲遍大邦。

〔校正稿 削除 標示作〕
其四
帝舜琴中意，吾王獨自知。
一彈斯解慍，猶恐化民遲。

永陵幸行，還次高陽，頒御製七言絕句，仍命承史閣臣侍衛賡進

和氣豐年滿井通，【《漢·地理志》："方里爲井，井十爲通。"[93]】夾街
欣睹九斿紅。【龍旂九斿。見《樂記》。[94]】
孝伸喬寢仍敷惠，華祝聲騰建[95]鼓中。【建鼓，大鼓也。見《爾雅》。[96]】

〔校正稿 削除 標示作〕
大殿春帖子

暖候初回斗柄東，康衢煙月巷謠同。

---

92 【校】麥：校正稿 수정사항. 원글자는 판독 불가.
93 【校】漢……通：《漢書·刑法志三》에 나온다.
94 【校】龍……記：校正稿 가필사항. 원글자는 "戴禮"였는데, "樂記"로 수정하였음.
95 【校】建：校正稿 수정사항. 원글자는 판독불가.
96 【校】建……雅：校正稿 가필사항.《爾雅》에 보이지 않고,《通禮義纂》에서 인용한 것으로《太平御覽》에 실려있다.

葭灰細驗潛陽布，霖澤旁隨雪意融。
暘谷祥光賓瑞日，上林和氣帶條風。
青幡彩仗猶餘事，看取仁天發育功。

〔校正稿 削除 標示作〕
其二
天時開泰運，民物正交歡。
故事傳柑酒，新香動菜盤。
化隆豐占屢，財阜俗仍寬。
上瑞徵佳節，無煩祝語看。

〔校正稿 削除 標示作〕
其三
農祥晨見震維初，朝罷明堂下詔書。
是日千官多喜色，寬仁聖化對時舒。

〔校正稿 削除 標示作〕
其四
地脈春先及，樹梢日欲輝。
頻繁三晝接，漸覺漏聲稀。

大殿延祥詩

煌煌鳳曆紀王春，節屆三元正始辰。
上下相交知泰運，洪纖竝育囿深仁。
神功已驗陽和布，瑞色先占臘雪頻。
柏葉椒花騰善祝，迎新一曲皁吾民。

其二

聽漏趨金闥，承安拜玉墀。
雪花濃舊萼，風柳艷新枝。
寵洽銀幡在，榮沾綠酒遲。
春詞問何語？天保頌明時。

其三

太社晨瞻瑞靄生，鑾旂朝返屬塵清。
天心已享穰穰祝，鳼鷺聲齊慶泰平。

其四

明堂頒月政，陽德屬春融。
欲識吾王化，須看歲屢豐。

〔校正稿 削除 標示作〕

一碧亭。次柳琴[97]彈素韻

流行坎止任經旬，柳暗花明忽暮春。
風恬夕洲留白鷺，波生朝雨躍銀鱗。
浮名久厭莊山木，【莊子行於山中，見大木枝葉茂盛。伐木者不取曰：
"此木以不材，得終其天年。"[98]】晚計猶存楚室榛。【楚室榛字，出《毛
詩》。[99]】
料識灇坡歸去日，村翁迎笑莫猜人。

〔校正稿 削除 標示作〕

漫閱《靑門集》，仍步隈字，示彈素

僑居幾日水西隈，懶漫不曾上釣臺。
花意紅添朝旭出，艸光靑合遠煙來。
百端浮慮君休說，數麄殘書我自開。
着處爲家身便住，紛紛何事較榮哀？

97　【校】柳琴：校正稿 가필사항.
98　【校】莊……年：校正稿 가필사항.
99　【校】楚……詩：校正稿 가필사항.

拈《屏山集[100]》韻【二首[101]】

春晚江皐喜報晴，沙堤如抱小村明。

帆歸舒疾知風自，【知風之自字。出《中庸》。[102]】樹影高低驗日行。

一榻從容空宿志，半生馳逐騖虛聲。

巡簷默數安身策，隔岸青峯月已橫。

〔校正稿 削除 標示作〕

其二

久吾懈不問陰晴，虛白自生一室明[103]。

受國恩深歌聖澤，謀身計拙愧冥行。

春江水暖鷗先至，月屋風過雁有聲。

顚沛未忘看史癖，朱黃勘定日縱橫。

其二[104]

時態炎涼雨忽晴，肯將烏帽拂承明？

安知一世揶揄迹，不作百年艷慕行？

黃纁眠陪同幻夢，【東坡詩："日高黃纁下西淸。"[105]】丹墀獨對摠浮

---

100 【校】集：校正稿 가필사항.

101 【校】二首：校正稿 가필사항.

102 【校】知……庸：校正稿 가필사항.

103 一室明：이 아래 '虛室生白出《莊子》'의 7글자 가필사항의 원주가 있었으나 수정 과정에서 지워 판독할 수 없음.

104 【校】二：校正稿 수정사항. 원글자는 "三".

105 【校】東……淸：校正稿 가필사항.

聲。【古人詩："縱橫禮樂三千字，獨對丹墀日未斜。"[106]】【張衡《西京賦》："青鎖丹墀。"注："丹墀，階也。以丹塗之。"[107]】
身閑擬續歸田錄，【歐陽公作《歸田錄》[108]】經歷平生卷軸橫。

李生喜明之赴燕也，遇徐惕庵【大榕】，示余文稿數篇。惕庵比之柳柳州，仍作兩絕，以題卷端。遂次其韻，答其厚意【二首[109]】

一脈千年貫九州，奎文近日耀東洲。【英廟甲戌，西洋人劉松齡，謂我國行人曰："奎星之不明久矣，歲丙申乃大明。朝鮮亦箕尾分，測之可見。"[110]】
鰍生不有攀援力，桑海窮濱[111]但狎鷗。

其二
希音雅畫夢余醒，不朽[112]新工賴子靈。【惕庵又作余文集序，自書一帖以送。[113]】
最是平生無限恨，才疏難望[114]泛槎星。【泛槎星，用漢張騫奉使

106　【校】古……斜：校正稿 가필사항.
107　【校】張……之：校正稿 가필사항.
108　【校】歐……錄：校正稿 가필사항.
109　【校】二首：校正稿 가필사항.
110　【校】英……見：校正稿 가필사항.
111　【校】窮濱：校正稿 수정사항. 원글자는 판독 불가.
112　【校】朽：校正稿 수정사항. 원래 "朽"로 되어 있으나 필사 과정에 잘못 쓴 것이므로 교정 과정에서 수정한 것이다.
113　【校】惕……送：校正稿 가필사항.

事。¹¹⁵】

附 原韻

著¹¹⁶作分明柳柳州，與君家世舊南洲。【言氏族者云："伯益賜姓贏，秦、趙、徐皆其後。而南洲徐孺子，卽其裔也。"¹¹⁷】

何時共訂三生約？盡日忘機看海鷗。

聽說疏狂醉亦醒，<u>文通</u>有筆亦通靈。【<u>陸文通也</u>¹¹⁸】

欲求風雨連牀會，銀漢沼沼舊使星。

明皐八詠

石梁漁火

皐之南數舍地，東迤之麓，至是陡起，爲皐之水口。下有盤石，可坐六七人，繞石爲潭，沙川之流匯焉，里人謂之石梁。每仲秋夜涼，必設蟹網於此，點點漁火，錯落如疏星。故曰"石梁漁火"。

前山暝色望初迷，忽看疏星落水西。

聽說今年饒蟹族，明朝歸市滿筐携。

114 【校】望：校正稿 수정사항. 원글자는 "得".
115 【校】泛……事：校正稿 가필사항.
116 【校】著：校正稿 수정사항. 원글자는 "着".
117 【校】言……也：校正稿 가필사항.
118 【校】陸文通也：校正稿 가필사항.

碓里炊煙

自石梁南踰一麓，是爲碓里。村落數十戶，左右聚居，泉甘土肥，窈深潔淨。每登皐南望，一絲青煙，扶搖出前岡之上，雖不見其里，而朝夕之飯候可占。故曰"碓里炊煙"。

籬影依微帶夕陽，青煙一抹和雲光。

農家剩得豐年樂，隔里猶聞黍麥香。

小塘荷香

皐抱爲洞，洞廣可二三百步，徑倍之。左有精舍數十間，前有方塘十餘畝，盛植芙蕖，當夏花開，清香襲人。故曰"小塘荷香"。

田田綠葉漸成堆，艷艷紅華半露頤。

徙倚同余樓上久，微風不斷暗香來。

長堤柳陰

皐之東，重重小岡，以漸而長爲多字之形。最內岡之外，村落三四十戶，自成一洞。洞之口，有小逕橫帶溝塍之間，緣邊植柳，繁陰掩翳。故曰"長堤柳陰"。

冪歷垂絲掩小村，荷鋤人在綠陰原。

清明暈雨初過後，飛絮東溝落更繁。

雨圃種芋

環方塘爲圃，俟穀雨既降，戴蓑荷鍤，以徐文定公《農政全書》法，種得芋根數十本，亦是閑中一趣。故曰"雨圃種芋"。

木屐蓑衣早出門，蹲鴟幾本手栽園。

園丁亦解主人意，折柳歸來作短樊。

水田穫稻

登皐之西麓，俯臨大野，綿亘數十里，沃壤相接，田家相望。中有大川，或流或澮，以資其利。每霜落禾熟，農夫饁婦，如市如林，腰青鎌而踏黃雲，足擅一年之秋色。故曰"水田穫稻"。

田夫一夜告霜催，數隊腰鎌草路開。

我稼如雲人稼亦，會將社酒共三杯。

槲園拾子

皐之四脊，樹以松、檜、榛、栗，而槲又半之。秋事旣卒，呼兒携筐，拾其子之自落者，以貯嗣歲之播種。故曰"槲園拾子"。

蕭蕭落葉澹山莊，漫拾前林槲子黃。

盡日行隨風急處，十分閑事却成忙。

漆陌賞葉

精舍之前，除地爲庭，庭畔簇立漆木數十株。每秋深葉老，色甜如醉，紅暈映軒，光可鑑人。故曰"漆陌賞葉"。

數間蝸舍足幽棲，虎落西邊漆樹齊。

一幅丹霞霜旱日，杖藜疑是步花谿。

文孝世子軼章【五首[119]】

毓慶禩郊衍本支，【簡狄禱于郊禖，䴏遺卵。簡狄吞之而生契。故祈

---

119 【校】五首：校正稿 가필사항.

嗣之祭, 謂之"郊祿". **120**】篤生聖嗣曜重离。

性根仁孝元天縱, 姿挺溫文豈學知?

牀褥潛心惟對卷, 宮幃繞膝供含飴。

煌煌竹冊揚休德, 二字徽稱百世垂。

其二

臚唱初宣瑞靄濃, 䜩華堂裏兩賓從。【甲辰, 行輔養官相見禮於䜩
華堂。**121**】

豐盈日表群瞻覩, 端穆衣章禮貌恭。

早諭應追三代盛, 正名寘副八方顒。

幸叨邇列欣延頸, 尚憶殊恩及賤蹤。【時賤臣以記注蒙恩, 陞六。**122**】

其三

年符辰巳日晴明, 滾滾洪休自太清。

書講《曾經》心法在,【《曾經》,《孝經》也。**123**】 運回堯曆縟儀成。
【甲辰秋, 行世子冊封之典。**124**】

歌騰重潤均輿頌,【崔豹《古今注》:"漢明帝爲太子, 樂人作《四重歌》
贊德, 一曰《日重輪》, 二曰《海重潤》。**125**】 慶叶無憂仰聖情。

120 【校】簡……祿：校正稿 가필사항.
121 【校】甲……堂：校正稿 가필사항.
122 【校】時……六：校正稿 가필사항.
123 【校】曾……也：校正稿 가필사항.
124 【校】甲……典：校正稿 가필사항.
125 【校】崔……潤：校正稿 가필사항. 崔豹의《古今注》에는 "其一曰日重光, 其
二曰月重輪, 其三曰星重輝, 其四曰海重潤."이라고 되어 있다.

誰料笑咷俄頃換，哭班歸路淚如傾？

其四

賓陟仙期隙駬忙，逶迤鳳綍向脩岡。

塡街普慟爭號擗，觸境宸心倍畫傷。

持被舊廬凄素幪，【冊封初，賤臣以文學持被春坊。[126]】 藏書新閣

冷芸香。

九原庶慰思親念，雲漢昭回琬琰章。

其五

記曾簪筆侍彤墀，前席頻瞻岐嶷儀。

睿笑爲新榮已極，天顏有喜退常遲。

宮班迹阻承安日，園寢官叨董役時。【庭候時，賤臣外補江東縣，

承訃上來，仍叨墓所都廳。[127]】

咫尺清光猶在望，哀歌欲寫涕漣洏。

〔校正稿 削除 標示作〕

宜嬪輓章【五首[128]○承命製進】

閨儀蕭蕭《小星》詩，月色蠅聲侍寢時。

---

126 【校】冊……坊：校正稿 가필사항.

127 【校】庭……廳：校正稿 가필사항.

128 【校】五首：校正稿 가필사항.

每向坤闈祈聖嗣。芳心不敢幸恩私。

其二

禖郊弓襱筮休祥，誕我元良赤芾煌。
一自尊榮愈抑損，了無綾帛侈宮箱。

其三

天心人事苦難推，五月吾東率土悲。
猶幸腹中方毓慶，強將言笑謝諸姬。

其四

纔經厄運屆昌期，玉質躬擔萬世基。
朝野皆祈彌月誕，遽然神理遽如斯。

其五

虞月宮敏¹²⁹典刑，白雲歸訪鶴驂停。
西岡松柏相隣近，庶慰泉臺寂寞靈。

129　【校】敏：校正稿 수정사항. 원글자는 "欽".

寄訊江東倅李和叔【遇濟】、**陽德倅吳希聖**【泰賢】

巫山如黛水如藍，十二欄高抱夕嵐。

鎇脚政聲吾能否？【唐河北三郡相隣，皆有善政，號"鎇脚刺史"。】祇

將仙分詑淸南。【關西有淸川江，以南諸郡，謂之"淸南"。】

【右屬己】

其二

吳州柳罨水挼藍，白馬門前漲碧嵐。

舊守來詢新守迹，【余於乙巳，屢違召，譴補江東，故云。】軒鈴稀

聞聽鷖【亭名】南。

【右屬江東】

其三

十年瀛館弊袍藍，巖邑歸來對積嵐。

桃頰杏顋春幾許？須分一朵送天南。

【右屬陽德】

春日登降仙[130]樓

柳暗花明屬暮春，憑欄朝日氣氳氤。
橋如螮蝀綿遙渡，山似蛾嵋隔小津。【中原成都有峨嵋山。[131]】
簾角風來頻問酒，玉罏香歇更[132]臨民。
名區恩補知君賜，剛許多年作主人。

喜雨

淸明十日雨如絲，草徑呼牛去不遲。
太守休衙無事坐，屋頭閑聽囀黃鸝。

登訪仙門樓，看農形，歸坐降仙樓[133]伴仙觀[134]

何須鈴閣坐如楂？行看春光取次奢。
蘸水嬌紅烘夕照，夾隄柔綠映朝霞。
譙樓乍上知民事，仙觀移登感物華。

130 【校】降仙：校正稿 가필사항.
131 【校】中……山：校正稿 가필사항.
132 【校】更：校正稿 수정사항. 원글자는 판독 불가.
133 【校】降仙樓：校正稿 수정사항. 원글자는 "留仙觀".
134 【校】伴仙觀：校正稿 가필사항.

吾不解詩猶一唱，小醺餘味點名茶。

書示幕僚諸君

鈴柝蕭閑了篆煙，催呼肩輿訪留仙。【留仙觀在降仙樓十二欄頭[135]】
紅娥笑語憑欄曲，皂隸呵聲逐水邊。
手拙奇羸餘宿弊，案無簿牘賴豐年。
料知早晚歸休日，富得行裝滿百篇。

昔在丁丑，先大夫文靖公，來蒞成都。時余年纔九歲，隨住府衙。于今三十六年，復繼前武，對舊日賓吏，感懷有作【二首[136]】

三紀來尋舊憩棠，成都於我卽幷鄉。【幷鄉，用後漢郭伋事。[137]】
【桐鄉，用後漢朱邑事。本傳謂：邑自桐鄉嗇夫，官至大司農。病且死，
囑其子曰："我故爲桐鄉吏，其或愛我，必葬我桐鄉也。"[138]】
那須停蓋詢風俗？父老欣迎話更長。

135 【校】留……頭：校正稿 가필사항.
136 【校】二首：校正稿 가필사항. 원래는 모두 3수인데, 교정 과정에서 마지막
　　수를 삭제하라고 표시하였다.
137 【校】幷……事 ：校正稿 가필사항.
138 【校】桐……也 ：校正稿 가필사항. "後漢"은 가필한 저본의 원문에 '後'로만
　　되어 있으나, 문리로 보아 '漢'을 보충해 넣었다.

其二

九齡前躅若先天，雲水蒼茫淚泫然。

猶有白頭賓吏在，不嫌鍾漏共周旋。【舊日賓吏，年皆七耋，故用
"鍾鳴漏盡"之語。[139]】

〔校正稿 削除 標示作〕
其三

社酒農謳閱歲華，蠲徭舊惠至今誇。【文靖公按藩時，通計四十二
州，戶給蠲徭錢十文。民至今賴之。】
無能爲役吾何述？幸藉餘庥飽萬家。

仙吏軒衙罷，拈分字

軍吏參衙罷，庭陰已午分。

渾簷飛杏雪，　殷几映桃熏。

樓觀自今古，神仙卽使君。

堪羞塵俗客，管領但紅裙。【韓詩："不解文字飲，惟能醉紅裙。"[140]】

139　【校】舊……語：校正稿 가필사항.
140　【校】韓……裙：校正稿 가필사항.

訪二樂亭【二首¹⁴¹】

峯轉疑無路，逶迴忽有村。【陸放翁詩：“山重水複疑無路，柳暗花
明又一村。”¹⁴²】
鳥聲沈水急，松韻隔扉喧。
近厭官羞腆，頻斟野酒論。
興闌歸棹放，壞樹夕陽存。

其二

二樂亭三字，文清手墨刊。【從曾祖兄文清公諱志修，爲成都伯時，
過此亭，書此扁。主人至今寶揭之。】
爭誇公昔至，倘許弟爲難？【難兄難弟，用《世說》論元方、季方
事。¹⁴³】
巖邑猶喬木，【巖邑字，出《左傳》。¹⁴⁴】河干可伐檀。
欲編風土記，傾蓋久盤桓¹⁴⁵。

141 【校】二首：校正稿 가필사항.
142 【校】陸……村：校正稿 가필사항.
143 【校】難……事：校正稿 가필사항.
144 【校】巖……傳：校正稿 가필사항.
145 【校】盤桓：校正稿 수정사항. 원글자는 “相看”.

來仙閣賦示從遊二客【二首¹⁴⁶】

孟婆日日攪江天，【江浙人謂風爲孟婆。 出楊愼《丹鉛錄》。¹⁴⁷】春
晚猶遲一扣舷。

如水公庭花不掃，凌雲仙閣月初弦。

俗雖近古知勞思，耕莫違時占有年。

無奈宦遊都幻迹，終須歸老廣明阡。【弊屋數間，在長淵廣明洞。】

其二

悔咎吉凶一付天，風波閱盡倚孤舷。

居官要識羞言産，揉性何須待佩弦？【西門豹性急，佩韋以自緩；
董安于性緩，帶弦以自促。¹⁴⁸】

計拙狗蠅疏熱客，智專農馬送殘年。【農馬之智專，出韓文。¹⁴⁹】

行藏恃有吾君聖，粗報國恩臥故阡。

146 【校】二首：校正稿 가필사항.

147 【校】出……錄：校正稿 가필사항. 양신(楊愼)의《단연여록(丹鉛餘祿)》권1
축록(總錄) 천문류(天門類) '맹파(孟婆)'에는 "俗謂風曰孟婆"로 되어 있다.

148 【校】西……促：校正稿 가필사항.

149 【校】農……文：校正稿 가필사항.

巫山十二峯【十二首¹⁵⁰】

1.

斷陌前頭望忽穹, 凌雲峭壁劇蔥籠。

斜陽繫棹風高處, 隔岸如聞笑欸翁。【東坡《石鍾山記》云："有若
老人欸且笑於山谷中。"】

右，碧玉峯。

2.

沿洄一曲却丰茸, 暈碧栽紅摠倒容。

造化留神粧點特, 玉淸臺又聽人攻。【玉淸臺在金爐峯上。】

右，金鑪峯。

3.

東明古迹語紛哤, 魚鱉橋成到¹⁵¹沸江。【東明王逃難，追者在後。
至淹淲水，無梁，王祝天。於是魚鱉浮水，相連成橋，旣渡橋解，追者不及。
乃至沸流上流，都焉云。】

紇骨舊墟天柱在,【紇骨城卽東明故都，在天柱峯南。】至今佳氣儘
無雙。

右，天柱峯。

---

150 十二首：校正稿 가필사항.

151 到：校正稿 수정사항. 원글자는 "抵".

4.

一夢爛柯夢太遲,【"爛柯夢"用說家王質事。[152]】神仙之說妄如斯。
夢仙仙子今何夢? 樹老雲深杳不知。

右, 夢仙峯。

5.

丁香萬樹映晴暉,【高唐一峯無他樹, 只丁香一種漫山上下。[153]】 峯
到高唐竦欲飛。
此去城隍微邐在, 平朝士女躡巖霏。

右, 高唐峯。

6.

山水樓臺好鋪舒, 陽峯面勢閣玄虛。【玄虛閣與陽臺峯相對。】
紅娥歌罷朱簾捲, 一抹香煙翠滿裾。

右, 陽臺峯。

7.

十二彫欄鏡碧湖,【十二欄在神女峯對岸。】依然神女下蓬壺。
峯頭月隱人聲寂, 閬苑仙簫聽也無?

右, 神女峯。

---

152 爛柯夢用⋯⋯事:校正稿 가필사항. "用"은 1차 가필의 5자를 지우고 재수정
한 것임.

153 高⋯⋯下:校正稿 가필사항.

8.

朝雲峯號夔州齊, 裊娜風光較仰低。

天使昔評應不誣[154],【昔歲丁酉, 天使與接伴使具思孟共登巫山, 天使謂思孟"與夔州巫山酷相似"云。此說載於邑誌。[155]】山經水志已先題。

右, 朝雲峯。

9.

霏霏春雨暮江涯, 九曲谽谺遠翠佳。

移步凌波亭上望,【官船之扁曰"凌波亭"。】山腰時見走芒鞋。

右, 暮雨峯。

10.

何年笙鶴自天來? 往事蒼茫長綠苔。

山外有山雲萬疊, 秖今清夜想徘徊。

右, 笙鶴峯。

11.

雲母月精種幾春?[156]【雲母、月精皆芝之別名。[157]】循名責實欲[158]

---

154 應不誣：校正稿 수정사항. 원글자는 "▨有▨".

155 此……誌：校正稿 가필사항.

156 雲……春：校正稿 수정사항. 원글자는 "峯豈產芝祇效嚬".

157 雲母月精皆……名：校正稿 가필사항.

158 欲：校正稿 수정사항. 원글자는 "且".

尋眞。

官¹⁵⁹娥齊唱《商山曲》，羽蓋翩翩若有人。

右，紫芝峯。

12.

第十二峯火柱云，巫山終曲鎖輕雲。

春風不盡桃花浪，恐逐漁舟引俗群。【借用桃花源事。¹⁶⁰】

右，火柱峯。

明皇卽事

荳花芋葉錯前畦，老圃逢秋起杖藜。

彎抱山光纖欲斷，帶紆水勢望漸迷。

炎涼閱盡心何似？鄕里歸來謗亦携。

藿食杞憂無此事，【"藿食""杞憂"幷字出《左史》。¹⁶¹】　從今日月付耕犁。

159　官：校正稿 수정사항. 원글자는 "宮".

160　借……事：校正稿 가필사항.

161　藿食杞憂幷……史：校正稿 가필사항.

〔校正稿 削除 標示作〕

讀《管子》

樓上字過《管子》書,《樞言》、《宙合》【《管子》篇名。】豈虛車?
春秋何世能言此? 秦、漢以來矧有如?
妙悟多從人籟寂, 朗吟更快雨聲疏。
比倫商、樂非知者,【古人或稱管、商, 或稱管、樂, 故云。[162]】 葉語紛紛謾毀譽。

偶讀錢虞山詩, 有與王述文侍御罷官里居之作, 用《雀羅》、《蝶夢》二題, 相與贈答。遂次其韻

1.

人誰不讀書? 讀書心負初。
精工窺六藝, 博涉指五車。
標高揭己日,【"標高揭己"出韓文。[163]】 期待信非虛。

知慮方悟界, 誠力忽自疏。
嫠不恤其緯, 農不服乃鉏。
移向運均上,【"均", 陶者之輪[164], 運則不定。解見《管子》。】 幾年飽

162 古……云 : 校正稿 가필사항.

163 標高揭己出韓文 : 校正稿 가필사항.

164 輪 : 底本에는 "輸".《管子·七法》의 "不明於則, 而欲出號令, 猶立朝夕於運均

乘除?

迫去然後歸，身世頭陀如。
寂寂重門掩，庭階雀可羅。【《漢書》，翟公廢，門外可設雀羅。[165]】
山鬼休揶揄！芸編趣卷舒。

古今何相似？歲月尙有餘。
天下人不猜，莫如看吾書。

右，次《雀羅》韻。

2.

咢夢今宵覺，前峯月丈餘。
世情看炎冷，物理占盈虛。

十年涅濡迹，何曾一日舒？
非蝶得[166]蝶韻，無栩亦無蘧。【《莊子》"昔者莊周夢爲胡蝶，栩栩然胡蝶也，俄然覺則蘧蘧然周也"。[167]】

歸來吾田園，吾身始超[168]如。

之上，籩竿而欲定其末。"에 대한 尹知章의 注에 "均，陶者之輪也."라고 한 것에 근거하여 수정.

165 漢……羅：校正稿 가필사항.
166 得：校正稿 수정사항. 원글자는 "猶".
167 莊……也：校正稿 가필사항.
168 超：校正稿 수정사항. 원글자는 "迢".

樹螢流疾速，澤鷺影于徐。

雲在水不住，【杜詩：“水流心不競，雲在意俱遲。”¹⁶⁹】密密復疏疏。
觸處皆鳶魚，朗然悟邃初。

回思偪側場，芻靈與塗車。【“塗車”、“芻靈”，明器也。出《禮記·檀弓》。¹⁷⁰】
帝監許懸解，【《莊子》“帝之懸解”。¹⁷¹】終老任耕漁。
　　　　　　　右，次《蝶夢》韻。

此世

此世但知君父外，不曾別受一人恩。【鄭思肖詩。】
名言千載偏多感，　寸報須看結艸原。【老人結草報恩事，　見《左傳》。¹⁷²】

169　杜……遲：校正稿 가필사항.
170　塗車芻……弓：校正稿 가필사항.
171　莊……解：校正稿 가필사항.
172　老……傳：校正稿 가필사항.

〔校正稿 削除 標示作〕

俗學 十韻排律

康成以後無康成，釘餖賃傭了此生。
渾是寒蛩吟老壁，紛如秋蚓響空坑。

聖功已有程、朱訓，王制亦因馬【馬貴與】、鄭【鄭漁仲】明。
孔宅古文先我出，汲墳科斗自前行。
迷茫墜緒惟名物，僥倖新譽起舌耕。

甲乙丹鉛何太易？ 縱橫黃嬭妄加評。【昔人呼書爲黃嬭，以爲老
人嗜書如稚子之須嬭。】
一無中有尙低視，半不及他敢大聲。

經解訾謷皆粗迹，疏家援引每陳羹。
群兒咻嚗言堪笑，窮子誇衣面發騂。【"群兒咻嚗"、"窮子誇衣"皆
出錢虞山語。[173]】
習俗遍來成痼弊，會須明詔視權衡。

---

[173] 群兒咻嚗窮……語：校正稿 가필사항.

漫吟

不去已知市我鉗,【《國語》申公曰:"今我不去, 楚人將鉗我於市。"[174]】
身遊羿[175]彀幾寒炎?
此山雖小猶堪隱, 昔秩何官已失籤。
聒耳蚊蠅涼後歇, 脫樊鶖鷺水中潛。
明時進退皆恩造, 爲許餘生保恥廉。

迎文章鬼【三首[176]】

貴惡厲官富厲[177]緡,【"富者惡其厲緡, 仇之若敵; 貴者惡其厲官, 避
之若讐", 卽錢虞山[178]論文章語。】文章緣業每窮人。
吾窮何憚窮緣偪? 分付兒童愼莫嗔。

其二

鄭石、榮碑直萬箱, 百弓九品儘相妨。【唐鄭瑤費錢六十萬, 輦歸
象江怪石。宋榮咨道以錢三百萬, 買虞世南初刻夫子廟碑。或談此二事,

---

174 國……市:校正稿 가필사항. 1차 가필을 재수정한 것임.
175 羿:底本에는 "昇". 《莊子》〈德充符〉의 "羿(옛 전설 속 명사수의 이름)의
사거리 안에서 활동하다〔遊於羿之彀中〕"라는 말에서 비롯된 '羿彀'가 '사회
의 형벌 網'을 빗대는 말로 쓰이므로 '羿'로 수정.
176 三首:校正稿 가필사항.
177 厲:校正稿 수정사항. 원글자는 "惡".
178 卽錢虞山:校正稿 수정사항. 원글자는 "古人".

有應聲者曰："這兩箇癡人，好一棒打殺。何不買百弓上水田、九品入¹⁷⁹

流官乎？"】

吾書吾讀吾何費？ 寸尺無非分外長。

其三

空蝗粱稻愧人生，非賈非農必有名。

數帙芸編多賴爾，滿斟新酒謝深情。

山齋燒香，與絢上人演佛乘

我聞三教皆吾師，心性精神同所治。

往往末流失其眞，　入主出奴紛相嗤。【韓子《原道》："入者主之，

出者奴之。"¹⁸⁰】

佛猶近儒道則遠，道蓋自私佛慈悲。

是以儒者喜談佛，坡翁、牧¹⁸¹老一斑窺。【蘇東坡、錢牧齋。¹⁸²】

我亦粗窺佛家說，得未曾有頻耽奇。

179 入：底本에는 "八". 《丹鉛總錄·人事類》에 "入". "入流官"은 "9품 이상의 정
식 품계가 있는 관직"을 뜻함.

180 韓……之：校正稿 가필사항. 1차 가필 "入主出☒☒☒☒☒☒原道"를 재수정
한 것임.

181 坡翁牧：校正稿 수정사항. 원글자는 "蘇☒錢".

182 蘇……齋：校正稿에서 위치를 수정한 사항. 원래는 "坡翁牧老" 뒤에 있었음.

優曇花開何世界? 玻瓈影徹卽迦尼。【天堂最樂處。】

無量福祿與輪回, 聊借寓言導衆癡。

人心之危起於用, 苟端其體心何危?

纖塵不動靈臺裏, 止水自清香海湄。【佛指此心, 爲香水海。】

離指識月無限妙, 頻伽【妙音鳥】聲中幾解頤?

不二門是一貫訣, 視甚麽爲常目之。【"不二門"、"視甚麽"皆佛家

旨訣。】

天雨曼陀石點頭,【"天雨曼陀"出佛經。晉生公欲明闡提法性, 聚頑石

而說法, 石爲點頭, 出《傳燈錄》。[183]】位育神功只如斯。

但問其敎損益人[184], 何論出華與出夷?

西方有聖豈漫許?【"西方聖人"出《文中子》。】他山攻玉知有裨。

往過來續流不息, 入存出亡定無時。

以心觀心渾此機, 固哉胡然在門麾?【楊子:"在夷狄則進之, 在

門墻則麾之。"[185]】

---

183 天雨曼陀出……錄:校正稿 가필사항. 이 중 '生……錄'은 1차 가필 "▨▨說
法 石爲點頭"를 "生公 聚頑石而 ▨▨說法 石爲點頭"로 고치고, 다시 수정한
것임.

184 損益人:校正稿 수정사항. 원글자는 "能損益".

185 楊……之:校正稿 가필사항.

能全知覺本然體，庶葆¹⁸⁶虛靈無上姿。

刹那一念收斂地，【佛家以時之最促者爲刹那。¹⁸⁷】 第一層上工孜孜。【以虛靈爲第一層，知覺爲第二層。】

拔根利器除結鋒， 心三口四言堪思。【"心三"謂貪、瞋、癡， "口四"謂妄言、綺語、兩舌、惡口。皆出佛經。¹⁸⁸】

儒演佛乘君休笑，萬法到處差不毫。

新秋見月

蕭疏梧葉響山扉，得月中宵起攬衣。

滿地鏡¹⁸⁹光清¹⁹⁰似水，【許渾詩："輪影漸移金殿外， 鏡光猶掛玉樓前。"¹⁹¹】渾¹⁹²天涼氣颯如霏。

非無城市年年眺，偏覺鄉園粲粲輝。

澆滌牢騷樽有酒，坐聞屋角磬聲稀。

186　葆：'保'의 통용자.
187　佛家……那：校正稿에서 위치를 수정한 사항. 원래는 "刹那" 뒤에 있었음. "佛家以"는 校正稿 가필사항.
188　心三謂……經：校正稿에서 위치를 수정한 사항. 원래는 "心三口四" 뒤에 있었음. "皆出佛經"은 校正稿 가필사항.
189　鏡：校正稿 수정사항. 원글자는 "淸".
190　淸：校正稿 수정사항. 원글자는 "渾".
191　許……前：校正稿 가필사항.
192　渾：校正稿 수정사항. 원글자는 "連".

山行

飯已携筇出，前岡月欲華。
樹深疑有盜，藤古浪驚蛇。
未老塵襟脫，無營晚節誇。
丹鉛餘癖在，惜漏早還家。

秋夜勘書

臥起隨心一室寬，年來身計最今安。
蟲吟屋壁知秋早，蚊撲窓楞識夜寒。
燭引朱黃排几案，酒兼蔬梓錯杯盤。
門僮坐睡隣砧歇，回首西峯月已殘。

〔校正稿 削除 標示作〕
僻村

僻村人不到，詩課日盈囊。
夕砌蟲聲亂，朝簷雀語長。
流光今白露，新味已黃粱。
僥倖吾知免，何憂老更狂？

早起

新涼起我早，簷角映初暾。
山色秋容淡，水聲野籟喧。
殘書堪把玩，農友好談論。
漸覺鄉園趣，此生矢不諼。

晚悟【四首[193]】

名心久識誤人生，窮老疲精底事成？
晚覺如今無賴爾，會須教子業農耕。

其二
一經專治盡平生，名《禮》名《詩》各自成。【以漢儒專門名家言。[194]】
唐、宋以來無此學，儒冠却愧帶鋤耕。【宋孔延之幼孤貧，晝則
帶經而鋤，夜則燃松讀書，平生惟與周惇頤、曾鞏相善。[195]】

---

193 四首：校正稿 가필사항.
194 以……言：校正稿 가필사항.
195 宋孔……善：校正稿 가필사항. "惇"은 1차 가필 "敦"을 재수정한 것. 宋代 理
學의 창시자로 일컬어지는 인물을 가리키므로《明一統志·臨江府》에 근거할
때, "敦"이 옳음.

其三

緯史經經到半生，　一篇《詩故》苦難成。【余取毛、鄭、朱諸家詮
釋《詩》篇旨，名之曰《詩故辨》。[196]】

工雖作輟才緣下，　似此人猶事舌耕？【賈逵口誦經文以敎人，贈
遺者積粟盈倉。人言"逵非力耕所得"，遂謂之"舌耕"。[197]】

〔校正稿　削除　標示作〕

其四

能如襪線愧吾生，【古語云[198]："韓八座藝能如拆襪線，無一條長。"言
皆涉獵而無實得。】不愈無成號有成。

覆瓿擲籬多少卷，儒家褌販卽傭耕。

其四[199]

憂患歸來老此生，殘年活計問何成？

水田足稻山饒蕨[200]，吾臥吾廬課佃[201]耕。

196　余……辨：校正稿에서 위치를 수정한 사항. 원래는 "一篇詩故" 뒤에 있었음.

197　賈……耕：校正稿에서 위치를 수정한 사항. 원래는 頭註였음.

198　古語云：校正稿 가필사항.

199　四：校正稿 수정사항. 원글자는 "五".

200　山饒蕨：校正稿 수정사항. 원글자는 "魚游沼".

201　佃：校正稿 수정사항. 원글자는 "釣".

偕李生棨，訪五山瀑布

略彴經過出谷頭，蒼茫野色已深秋。
遠橋人立知玄鶴，【"人立"字出《左傳》"豕人立而啼"。**202**】 近水群飛
渾白鷗。
肯把荅通【猪矢爲"荅"，馬矢爲"通"。】爭少輩？ 好將農圃結新儔。
澆書攤飯多餘暇，【古人以晨飲爲"澆書"，午睡爲"攤飯"。**203**】石瀑前
山興更悠。

拈韻得傭字

蘇子灌園【宋蘇雲卿灌園東湖。】夏老傭，【後漢夏馥匿姓名， 爲冶家
傭。】吾今何執執耕農。
丁田十畝堪終歲，【牧齋詩"丁田自耕鑿"，謂一丁所受之田也。】丙舍
三椽足掩冬。【王羲之有《墓田丙舍帖》。】
名傳**204**實存難獵取，理無終屈任嗤訕。
休官誰歎般薑鼠？【諺語"般薑鼠"言無用也。】幾種新書詑舌鋒。

202 人立字……啼：校正稿 가필사항.
203 古……飯：校正稿 가필사항.
204 傳：底本에는 "傅". 문맥에 근거하여 수정.

嘆世

虞、魏三章事可呵,【魏長齊無才, 初宦當出。虞存嘲之曰:"與卿約
法三章, 談者死, 文筆者刑, 商略抵罪。"】朝廷近日此曹多。
無關喫着都排笑, 有些嫌疑[205]卽詆訶。
難養聖言知不誣。【《論語》:"惟女子與小人, 難養也。"[206]】相傳繆
種已成窩。
何須長短論渠輩? 手卷終朝獨字過。

樂樂寮夜坐, 與李生棨[207], 拈韻共賦

秋燈相對五更霜, 落木蕭蕭枕簟涼。
近事休言同失馬,【《淮南子》:"塞上翁失馬, 人吊之。翁曰:'焉知不
爲福?'數月, 馬將胡駿馬而至, 人賀之。翁曰:'焉知不爲禍?'其子墮
馬折髀, 人又吊之。翁曰:'焉知不爲福?'後胡兵大入, 丁壯者十九戰
死, 此獨以跛故父子相保。"[208]】舊榮吾已笑亡羊。【臧、穀亡羊, 語
出《莊子》。[209]】農談鈎起幽情足, 薄酒斟來野味長。

205 嫌疑:校正稿 수정사항. 원글자는 "睚眥".
206 論……也:校正稿 가필사항.
207 棨:校正稿 가필사항.
208 淮……保:校正稿 가필사항. 1차 가필 "塞翁⊠馬 當移⊠下編所引 ⊠此句下"
를 재수정한 것. 두 번째 "焉知不爲福"은 2차 가필 "焉知不爲⊠福"에서 "⊠"
을 삭제한 것.
209 臧……子:校正稿 가필사항.

赤脚忽咳窗外語，【韓詩：“一婢赤脚老無齒。”210】 傭人朝日打餘
場。

次會稽女子題新嘉驛壁詩韻 三首

新嘉驛壁有會稽女子題詩，其自序云：“余生長會稽，幼攻書
史。年方及笄，適與燕客，嗟林下之風致，事負腹之將軍。加
以河東師子日吼數聲，今朝薄言往愬，逢彼之怒，鞭箠亂下，
辱等奴婢。余氣溢填胸，幾不能起。嗟乎，余籠中人耳，死何
足惜？但恐委身艸莽，湮沒無聞。是以忍死須臾，俟同類睡
熟，後竊至後亭，以淚和墨，題三詩于壁，竝叙出處。庶知音
讀之，悲余生不辰，則余死且不朽。”詩云：“銀紅衫子半蒙
塵，一盞孤燈伴此身。恰似梨花經雨後，可憐零落舊時春。”
“終日如同虎豹遊，含情默坐恨悠悠。老天生妾非無意，留與
風流作話頭。”“萬種憂愁訴與誰？對人強笑背人悲。此詩莫
把尋常看，一句詩成淚千垂。”好事者爭郵傳播於一時，記述
嗟賞之篇，雜見於諸家集中。

東風柳絮落泥塵，旅館三更淚掩身。
從古紅顏多薄命，可憐狂劫了青春。

210 　韓……齒：校正稿 가필사항.

其二

羅袖紗裙弊遠遊，晚妝[211]慵對我愁悠。

人間何限無鹽女，【《烈女傳》"無鹽，齊女，貌甚醜".[212]】 芻豢匡
床到白頭？【"芻豢匡床"出《莊子》。[213]】

其三

天生女子果爲誰？ 情史流傳競說悲。

也識郵亭和墨淚，終敎芳躅至今垂。

〔校正稿 削除 標示作〕

讀牧齋送劉念臺客林銓之詩，有感于懷，書贈李生

古人以客重主人，皇朝近俗猶先秦。

屨滿戶外莊何譏？ 錐處囊中趙有臣。

椎埋陸博與洗削，世所卑夷吾不嚬。

駃雪多積荒城外，急風每起沙河濱。

眞才豈在軒冕種？ 蚌珠梗瘤結之因。

密若靜女潔如玉，無愧吾門入幕賓。

劉家高客竟誰是？ 窮廬相守同一倫。

211 妝(단장할 장)：底本에는 "粆(중배끼 여)". 字形이 유사함으로 인한 오류.

212 烈……醜：校正稿 가필사항.

213 芻豢匡床出莊子：校正稿 가필사항. 1次 가필 "芻豢匡床 語見莊子"를 재수정
한 것.

飛蓬毀譽曷足較？【飛蓬之問出《管子》，謂蓬飛因風，動搖不定。】

歲寒襟期聊共親。

兩對已忘飢與渴，肯數甑釜生埃塵？

君不見今世儒名者？晉家四伯何詵詵？【晉之四伯，有穀伯、笨伯、猾伯、瑣伯。】

〔存於目錄而逸失作〕

夜坐[214]

214　夜坐 : 제1권 목록에는 "夜坐"라는 제목이 마지막에 기록되어 있으나 본문에는 없음.

明皇全集

卷二

詩

詩

知足 三十韻

人誠不知足, 知足何怨尤?
吾生多天幸, 天幸今可籌。
幸不爲牛馬, 穿鼻與絡頭。
幸不爲女子, 蚕織又[1]爨廚【叶】。
幸不編傭僕, 幸不枕戈矛。
軒軒七尺軀, 竝幸無瘡疣。

幼能攻書史, 長且辨魯魚【叶】。
才短心欲長, 嘐嘐古人儔。
"經學培其本, 文章潤厥修。
禮樂兵刑事, 皆吾分內憂。
用之爲東周, 舍爾傳千秋。"
兀兀窮年華,[2] 若忘老將投。

---

1 蚕織又 : 校正稿 수정사항. 원글자는 "▨▨與".
2 兀兀窮年華 : 이 구 뒤에 1차 가필된 원주 "▨▨▨兀兀以窮年"이 삭제 표시됨.

東方少眞儒, 蓬問紛喞啾.【《管子》"飛蓬之問, 不在所賓"[3]】

疏無知《十三》,【《十三經注疏》[4]】集但披韓、歐。

一涉度外言, 蒿目驚相讎。

然猶聖人徒, 豈比市井曹【叶】?

近日一種俗, 都是朱家羞.【"朱家羞"字出《史記·刺客傳》[5]】

名義干甚事? 巧宦卽英流。

索瘢癢得搔, 見善胸攢鏃。

竊竊相睒眄, 睚眦要必酬。

揲繒令婢仆【柳僕射婢氁蓋巨源, 見巨源於束繒內選擇邊幅, 第其厚薄, 婢失色而仆.[6]】, 據錢恐人偸。

何曾夢裏語, 或脫聲利區?

此輩與周旋, 我生良亦愁。

秖緣主恩厚, 未遽簪籍抽。

敖惰仍招謗, 擠排積困啾。

而今成宿願, 物我同得求。

蝸廬足容膝[7],【《歸去來辭》"審容膝之易安"[8]】蠹書足箕裘。【《學記》

---

3 管……賓:校正稿 가필사항.

4 十三經注疏:校正稿 가필사항.

5 朱家羞字……傳:校正稿 가필사항. 1차 가필 "朱家羞字出史記"에 "刺客傳"을
   보충한 것.

6 柳……仆:校正稿 수정사항. 원래는 "柳僕射婢氁蓋巨源, 見巨源於束繒內選擇
   邊幅, 舒卷揲之, 第其厚薄, 酬酢可否, 婢失色而仆."이었음.

"良冶之子必學爲裘, 良弓之子必學爲箕[9]"】

通政官近密, 頭喞足且浮。

從此天幸葆, 俛焉新說衰。

然後足方足, 不負宿昔期【叶】。

歎貧

成都十月浪徘徊, 歸去仍登避債臺。【《漢書》服虔曰：'周赧王負債, 無以歸之, 主迫債急, 乃逃于此臺。後人因名之。'】

山外風傳公賦促, 門前露積別人開。

名流廉吏非能事, 願在儒林恃薄才。

排案獨誇書萬卷, 園丁竊指曰癡哉。

絢上人來訪, 月下拈韻【三首[10]】

魑魅爭光我亦羞,【嵇中散夜坐彈琴, 有鬼黑衣, 革帶長丈餘。嵇熟視, 吹燈滅之曰："羞與魑魅爭光。"】吹[11]燈迎月月如流。

---

7 容膝：校正稿 수정사항. 원글자 판독불가.
8 歸……安：校正稿 가필사항. 1차 가필 "歸去來辭"에 "容膝之易安"을 보충하고 "審"을 다시 보충한 것.
9 學記……箕：校正稿 가필사항.
10 三首：校正稿 가필사항. '三'은 1차 가필 '四'를 수정한 것.
11 吹：校正稿 수정사항. 원글자는 "挑".

月光弟¹²子今何在？ 愼莫¹³窺牕戲瓦投。

【月光童子之入定也，惟見淸水徧在室中。 弟子窺牕戲投瓦礫，激水作
聲。 及出定，頓覺心痛。弟子說如上事，童子告弟子：“汝更見水，可卽
開門入水，除去瓦礫。”弟子奉敎後，出定身質如初。】

其二

囥地一聲萬象浮， 烏玄鵠白了元由。【佛說：“烏玄鵠白， 棘鉤松
直，皆有元由。”¹⁴】

華藏蓮海應無遠，【華藏海中有大蓮華， 爲諸佛刹世界之路。】 陽焰
邇來寂不留。

其三

末老歸田忘百憂， 近庵僧有悟心儔。

休言世事何時了， 較看平生馬少游。【馬援弟少游， 常笑其兄慷慨
有大志，曰：“士生一世，但取衣食裁足，乘下澤車，御款段馬，爲郡縣¹⁵
吏，守墳墓，鄕里稱善人，足矣。致求嬴¹⁶餘，但自苦爾。】

---

12 弟：校正稿 수정사항. 원글자는 “童”.

13 愼莫：校正稿 수정사항. 원글자는 “莫怕”.

14 佛……由：校正稿 가필사항. 1차 가필 “烏玄鵠白 ▨▨▨▨”을 재수정한 것.

15 縣：《後漢書》권54〈馬援列傳〉에는 “掾”.

16 嬴：校正稿 수정사항. 원글자 판독불가.

秋穫【五首[17]】

數包云是百弓收，握粟出門値不浮。
憑詰農奴歸雀鼠，張公大笑我何尤？【張率遣家僮，輸米二千石，
比至耗其半。張問故，僮曰："雀鼠耗。"張大笑曰："壯哉雀鼠！"竟不更
問。】

其二

張公大笑我何尤？奈此生涯誰適謀？
康濟一身知不易，死題神道"仲明傳"。【明儒李德遠囑其子曰："我
死，但題其墓曰'貧士李仲明之墓'。"】

其三

死題神道"仲明傳"，貧士當今更有疇？
貧固士常貧士少，【《列子》"榮啓期曰："貧者，士之常；死者，人之
終。'"[18]】眞貧眞士卽名流。

其四

眞貧眞士卽名流，非曰能之志欲求。
鶃剟金貂多愧色，右軍誓墓有前修。【王羲之稱病去郡，于父母墓

---

17 五首：校正稿 가필사항. '五'는 1차 가필 '四'를 재수정한 것.

18 列……終：校正稿에서 위치를 수정한 사항. 원래는 "眞貧眞士卽名流" 뒤에
있었는데, 校正稿의 교정자가 동일한 내용을 다시 가필하여 이 위치에 넣도
록 하고, 원래 원주는 삭제하도록 표시함.

前自誓曰:"自今以後, 貪冒苟進, 是[19]無尊而不子也。信誓之誠, 有如皦日。"】

其五[20]

<u>右軍</u>誓墓有前修, 何況時情[21]任去留?
贏得閑身無外事, 好將餘日簡編抽。

冬夜卽事【二首[22]】

擁階敗葉雨聲多, 門掩燈寒夜幾何?
人自農場渾說歉, 吏過村里已催科。
哥窯鑪取沈香爇,【哥窯爐, 陶器之一種。[23]】 風字研開古墨磨。
【風字研卽<u>端</u>、<u>歙</u>近刱之新制。[24]】
一榻從容淸不寐, 起看天際月如梭。

19 是:校正稿 수정사항. 원래는 이 뒤에 "有"1자가 더 있었음.《晉書·王羲之列傳》에는 "是有無尊之心而不子也".

20 其五:1차 가필로 이 수 전체를 삭제하도록 표시하였다가, 2차 가필로 1차 가필의 삭제 표시를 무시하도록 다시 삭제 표시함.

21 時情:校正稿 수정사항. 원글자는 "費恩".

22 二首:校正稿 가필사항.

23 哥窯爐……種:校正稿 가필사항.

24 風字研卽……制:校正稿 가필사항. 1차 가필 "☑子詩古墨輕磨滿几香"을 재수정한 것.

其二

蟻酒鼇漿野味多，子姑言鬼我言何？【蘇東坡嘗令客言曰：“無可言，姑言鬼。”**25**】

家書喜見初三信，貝葉閑披第一科。【西域有貝多樹，國人以其葉寫經，故佛經通謂之“貝葉經”。**26**】

休怕生前緣業苦，也勝死了姓名磨。

任他竊竊蕉隍訟，【《列子》“鄭人有薪於野者，擊鹿而藏諸隍中，覆之以蕉。俄而遺其所藏之處，遂以爲夢，順途而歌其事，聞者用其言取之。薪者歸，其夜眞夢藏之之處。又夢得之之主，按所夢而尋得之，遂訟而爭之。士師令二分之”。**27**】夢裏年華去若梭。

〔校正稿 削除 標示作〕

與李生訪柳下村

柴柵板扉柳下村，鄰翁支杖晚推門。

閑閑夕陌牛眠足，曲曲雲蹊犬吠喧。

花落何須祈富貴？【《南史》〈范縝傳〉“子良精信釋教，而縝盛稱無佛。子良問曰：‘如不信因果，何得富貴貧賤？’縝曰：‘人生如樹花同發，隨風而墮。有拂簾幌，墜于茵席之上者；有關籬墙，落于糞溷之中者。貴賤雖復殊途，因果竟在何處？’”】人生莫快脫籠樊。

25 蘇……鬼：校正稿 가필사항.
26 西……經：校正稿 가필사항.
27 列……之：校正稿 수정사항. 1차 가필 "蕉隍訟 出列子"를 재수정한 것.

一聲清磬回頭望，對岸吾廬繞小垣。

畏冬【二首[28]】

豫字《豳》詩蔽，【"《七月》一篇，一言以蔽之曰'豫'"，出《詩》疏。】生
涯陸事勞。【"九疑之南，陸事寡而水事衆"，出《淮南子[29]》。】
菁菹藏雪窖，槲葉拾霜皐。
閱劫饒心計，歸田作老饕。【顏之推云："眉毫不如耳毫，耳毫不如
項縧，項縧不如老饕。"言老人壽相，莫過於善飲食。】
朝來風信急，關戶問松濤。

其二
晚飯知當肉，慵眠奈損神？
事皆前輩畏，詩怕後生嗔。【歐陽公自竄定文字，其夫人曰："何自
苦如此？豈怕先生嗔耶？"公曰："非怕先生嗔，却怕後生嗔。"[30]】
小雪寒春韻，北風落木身。
擁爐多遠慮，憂道不憂貧。

28　二首：校正稿 가필사항.
29　淮南子：校正稿 수정사항. 원글자는 "▨▨".
30　歐……嗔：校正稿 가필사항.

自歎

久識浮名誤，猶思後世傳。
鉛丹成筆塚，【唐長沙僧懷素好書，棄筆堆積，埋於山下，號曰"筆塚"。[31]】堅白摠漁筌。
謾爾勞三紀，不曾直一錢。
室人交謫我，文字惡因緣。

〔校正稿 削除 標示作〕
檳榔

藥裹隨身嚼不窮，檳榔功效莫吾通。
行人北去須沽取，正值燕都舶趠[32]風。【吳中梅雨旣過，淸風彌旬，吳人謂之"舶趠[33]風"。】

〔校正稿 削除 標示作〕
戲答成都小妓

莫作浮萍逐水移，多情蒙叟《柳枝[34]詞》。【首句卽錢牧齋《柳枝[35]

31　唐……塚：校正稿 가필사항.
32　趠：校正稿 수정사항. 원글자는 "趕".
33　趠：校正稿 수정사항. 원글자는 "趕".

詞》。】

遺鞭釘畫人如海,【長安倡女李娃憑一雙鬟立, 妖姿絕代。 滎陽公子過之, 乃詐遺鞭于地, 停驂屢眄, 因與目成。 顧長康嘗悅一女, 挑之不從, 乃圖其形于壁, 以棘針釘心。女邃從之。】肯待尋春去較遲?【杜牧之遊湖州, 與一女有約, 期以十年。 比至已十四年, 女已適人。 杜悵然賦詩曰:“自是尋春去較遲, 不須惆悵怨芳時。”】

雜興【五首[36]】

曠野黃雲收, 水田白鷺立。
樵歌何處聞? 山遠風聲急。

其二
村女鳴梭趣, 園丁蓄旨忙。
先生自隱几, 客至偶談長。

其三
洞天何窈窕? 雲水不勝清。
終日無喧事, 黃鷄上屋鳴。

---

34 枝 : “絮”의 잘못. 《牧齋初學集 卷4 柳絮詞爲徐于作六首》
35 枝 : 위 주34)와 같음.
36 五首 : 校正稿 가필사항.

其四

山腰紆石磴，忽聽叱牛頻。

十斛門前粟，吾兄念吾[37]貧。

其五

午夜清無寐，西峯月欲傾。

隨風千萬樹，古木獨崢嶸。

和邵青門《田居》八首

五十餘幾歲？平生判頭顱。

默數天下事，件件勝人無。

力耕能孝悌，不如上農夫。

居貨句奇贏，不如善賈流。【叶】

拖繩牧牛羊，擔柴供庖廚，

田居今半載，一任二三奴。

蝸廬坐儠夷，【儠夷，熟視不言貌。[38]】大小都糊塗【"小糊塗，大不糊

塗"，按出《宋史》。[39]】。

37　吾：校正稿 수정사항. 원글자는 "我".

38　儠夷熟……貌：校正稿 가필사항.

39　小糊……史：校正稿 가필사항.

但知信天命，人中亦鷾鳾。【鷾鳾，一名信天翁。[40]】

其二

閏歲知寒早，貧士對襟衣【對襟衣卽東人所謂背子也，見楊愼《丹鉛錄》。[41]】。

等身書堪披【宋賈黃中幼聰穎，父師取書與其身等，令讀之。[42]】向陽牖暫開。【叶 ○朱子詩："今朝竹牖向陽開。"[43]】

獨有農馬知[44]，鉤深與研幾？

欲說文章妙，無結不成輝。

所以兪汝言，鼓掌笑人非。【明儒兪汝言，讀一名士文，鼓掌笑曰："此文無黃。蓋以文之傳後世者，必有物結聚，如牛之有黃也。"】

其三

田居諳物情，物情一何凋？

量畝出租稅，計夫輸傭調。

糴令嚴於霜，追呼急如飆。

終歲服勤力，竟也甔石枵。【揚雄家無甔石之儲，有以自守泊如也。[45]】

---

40 鷾鳾……翁：校正稿 가필사항.

41 對襟衣卽……錄：校正稿 가필사항. 시의 의미에 부합하지 않는 내용이므로 삭제하는 것이 타당함. '對襟衣'가 楊愼의《丹鉛錄》에 나온다는 말도 잘못됨. 顧炎武의《日知錄》卷28 '對襟衣' 조에 나옴.

42 宋……之：校正稿 가필사항.

43 朱……開：校正稿 가필사항.

44 知：이 구 뒤에 1차 가필 "農馬之智專出韓文"이 있었으나 삭제 표시됨.

45 揚……也：校正稿 가필사항.

古有買茶客，三五兩部消，

怒投諒非激，農商同此嗷。【有客以半銖買驪茶一籠，籠稅工部，茶
稅戶部。公私之費，視價浮五之三，客怒而投諸江。】

終然無可業，無業亦難聊。

其四

世皆我自我，智士猶此尤。

誰欲物相物？昆蟲渾一漚。

我則異於是，薄責躬自修。【《論語》："躬自厚而薄責於人，則遠怨
矣。"**46**】

君子與小人，天人豈二儔？

歸田多妙悟，莊生語何渝**47**？【《莊子》云："天之小人，人之君子；
人之君子，天之小人。"】

其五

屠蘇月初上，排燭乙箋疏。【古人看書卷，未終而姑輟，則乙其處以
便繼工。**48**】

隣人多厚意，卜夜成一醵。

墟里木客逢，場市酒禁除。

---

46 論……矣：校正稿 가필사항.

47 渝：이 뒤에 '마'이라는 小字 원주가 있어야 함. 이 글자는 평성 '虞'운에 속하
고 이 '其四'의 나머지 4운은 모두 평성 '尤'운인데, 이 둘은 서로 통운되지 않
으므로 이 작품의 다른 용례에 따라 協韻시켜 읽어야 함.

48 古……工：校正稿 가필사항.

抵掌爭然疑，津津饒閑語[49]。

客去徙熄立，星河淨百慮。

其六

晚喜談禪悅，此生悟風輪[50]。【佛說，大地依水輪，水輪依風輪，風輪依空輪。】

根塵蒙幾年？ 水月如匹練。

境寂心愈寂，不怕空華現。

簷角一聲磬，依然祇樹院。

《般若》佛母論，《法華》實相衍。【祇樹院，佛居也；《般若》、《法華》，並佛經也。[51]】

終須抽鍵局，循元又旋見。【佛說，反其見以見性曰"旋見"，不循塵而循根曰"循元"。】

天心憐我窮，許開路一線。

其七

自爲明皇隱，事事愜幽襟。

溝塍如畫井，桑麻藹交陰。

---

49 語：이 뒤에 '也'이라는 小字 원주가 있어야 함. 이 글자는 상성 '語'운에 속하고 이 '其五'의 나머지 4운은 모두 평성 '魚'운인데, 이 둘은 서로 통운되지 않으므로 이 작품의 다른 용례에 따라 協韻시켜 읽어야 함.

50 輪：이 뒤에 '也'이라는 小字 원주가 있어야 함. 이 글자는 평성 '眞'운에 속하고 이 '其六'의 나머지 6운은 모두 거성 '霰'운인데, 이 둘은 서로 통운되지 않으므로 이 작품의 다른 용례에 따라 協韻시켜 읽어야 함.

51 祇樹院佛……也：校正稿 가필사항.

彎回必有村，曲曲人煙沈。

役車幸早休，【《詩》：“役車其休。”[52]】阡陌相參尋。

農占云多術，不須看畢、參。【畢、參，二星名，農謠所以占豐凶。[53]】

臘瑞徵雪候，楓色問霜林。

紛紛休告語，明年可知今。

其八

年光何奔駛？日行已北陸。

野闊因滌場，山峭知落木。

寂寂重門掩，至理推倚伏。

蠻、觸鬪蝸角，焦明[54]棲蚊目。【蠻·觸、焦明，竝見《列子》。[55]】

窄窄人間世，吾生眉幾蹙？

苟然無飢渴，焉用較耕祿？

得此伊誰恩？隕結華封祝。

52 詩……休：校正稿 가필사항.

53 畢參二……凶：校正稿 가필사항.

54 明："螟"의 잘못. 《列子·湯問》"江浦之間生麼蟲，其名曰焦螟，群飛而集於蚊睫." 문맥상 "아주 작은 벌레"여야 하는데 "焦明"은 봉황 같은 새임. 《史記·司馬相如列傳》"掩焦明"：裴駰集解"焦明似鳳", 張守節正義"長喙，疏翼，員尾，非幽閑不集，非珍物不食."

55 蠻觸焦……子：校正稿 가필사항. "蠻觸"과 "焦明"이 모두 《列子》에 나온다는 말은 잘못됨. "蠻觸"은 《莊子》에 나온다고 해야 함. 《莊子·則陽》"有國於蝸之左角者，曰觸氏. 有國於蝸之右角，曰蠻氏. 時相與爭地而戰，伏屍數萬，逐北，旬有五日而後反."
"焦明"의 "明"은 "螟"의 잘못. 위 주54 참조.

金陵道中

籃輿肩出帶鋤群, 石磴縈回夾古墳。

壬子冬令初下雪, 金陵山色半沈雲。

路人尙說朝廷事, 丞相新麋謫籍云。【時因道聽塗說, 聞蔡濟恭謫來長湍之報。[56]】

病枕吾兄應久佇, 疾驅愼莫歎勞勤。

〔校正稿 削除 標示作〕

李生以貧病爲憂, 詩以寬之

果蓏[57]癰痔說, 子厚不平鳴。

睡國堪終老,【睡國出《列子》。[58]】多生浪好名。

雪峯朝睍露, 冰筋夜寒成。【《開元天寶遺事》"冬至日大雪, 因寒所結簷溜, 皆爲冰條。妃子敲下看玩, 帝問何物, 妃子笑對以冰筋"。】

貧病君休怨, 途窮却轉程。

56　時……報 : 校正稿 가필사항.

57　蓏 : 底本에는 "瓜". 柳宗元의 〈天說〉"彼上而元者, 世謂之天. 下而黃者, 世謂之地. 渾然而中處者, 世謂之元氣. 寒而署者, 世謂之陰陽. 是雖大, 無異果蓏癰痔草木也。" "果瓜"는 참외를 의미하는 데 반해, "果蓏"는 과일〔果〕과 열매채소〔蓏〕를 통칭함.

58　睡國出列子 : 校正稿에서 위치를 수정한 사항. 원래는 "睡國" 뒤에 있었음.

山齋雜詩【八首[59]】

儒飾其身佛治心, 香山居士道根深。【白香山自言："以儒道飾其身,以佛道治其心。"[60]】

坡翁願學吾同願, 倘許廿年作醉吟?【香山休官居二十年,自號"醉吟先生"。】

其二

文章富貴互畸勝, 造化平分不兩能。

百歲無多千載久, 天心愛我使人憎。

其三

門無剝啄擁爐煙,【韓文公有《剝啄行》。[61]】啞啞歸烏聞遠天。

密理細心因境寂, 透膒新偈白雲禪。【白雲禪師《蠅子透膒偈》曰:"爲愛尋光紙上鑽,不能透處幾多難? 忽然撞着來時路,始覺平生被眼瞞。"】

其四

竹竿布袋早抽躬,【梅聖兪晚年與修唐史[62],初受勅,語其妻曰:"吾之修史[63],如猢猻入布袋。"妻應曰:"君之仕宦,何異鮎魚上竹竿?"】一

---

59 八首 : 校正稿 가필사항.

60 白……心 : 校正稿 가필사항.

61 韓……行 : 校正稿 가필사항.

62 史 :《歸田錄》卷2에는 "書". 명고가 의도적으로 바꾸어 쓴 것으로 판단됨.

榻圖書歲欲窮。

鄕里小兒猶洛戲,【洛陽, 周之京師。故我國人亦稱國都爲"洛陽"。⁶⁴】

紙鳶朝日倚霜風。

其五

人嫌白髮我無嫌, 白髮仍將智思添。

煮粥烹茶⁶⁵須一辦, 朝來對鏡賀新髯。

其六

園客腰柯伐木去, 村婆頂甕汲泉歸。

也應指點房中叟, 終夕咿唔底事希?

〔校正稿 削除 標示作〕

其七

《急就》【《急就章》卽小兒初學之書。】颸來揭已高, 牡丹何月竟滔滔。【山東人刻《金石錄》, 不知八月之爲牡月, 而"玄黓歲牡月朔", 改作"牡丹朔"。⁶⁶】

糞丸兒雹終歸幻, 寄語諸家莫謾勞。

---

63 史 : 107쪽 주62와 같음.

64 洛陽……陽 : 校正稿 가필사항. "國都"는 1차 가필 "國☒都"에서 1자가 삭제된 것.

65 茶 : 校正稿 수정사항. 원글자는 "茗".

66 山……削 : 校正稿 수정사항. 원래는 이 뒤에 "明末博洽, 大抵皆此類." 9자가 더 있었음.

其七[67]

風燈雪屋澹山村，半畝方塘月一痕。

分付兒童門莫掩，近隣客有夜來言。

〔校正稿 削除 標示作〕

其九

青白不形眼底空，【晉阮籍能爲青白眼，見嵇喜作白眼，喜不悅而去。喜弟康聞之，乃齎酒挾琴造焉，籍大喜乃見青眼。[68]】恩生怨李久薔薔。

而今幸脫風波地，信誓朝朝作老農。

其八[69]

碑誌救貧計太疏，馬、王善謔亦嗟余。【唐王仲舒與馬逢友善，每責逢云：「貧不可堪，何不尋碑誌相救？」逢笑曰：「適見人家走馬呼醫，立可待也。」】

東方風俗文章賤，束帛都歸宰相居。

---

67 七：校正稿 수정사항. 원글자는 "八". 이 시가 원래는 여덟째 수였으나, 校正稿의 교정자가 원래 일곱째 수를 지움에 따라 이 시가 일곱째 수가 된 것.

68 晉⋯⋯眼：校正稿 가필사항. 1차 가필 "☑白眼出☑☑☑☑"를 재수정한 것.

69 八：校正稿 수정사항. 원글자는 "十". 이 시가 원래는 열째 수였으나, 校正稿의 교정자가 원래 일곱째 수와 아홉째 수를 지움에 따라 이 시가 여덟째 수가 된 것.

次紇骨城玉佩詩韻

成都民鋤耕于紇骨城古址，得一小玉珮方寸許。前刻雲物塔橋極精工，後刻一詩曰：“綠莎白石滿河洲，渺渺平沙帶淺流。紅樹靑山無路入，行春橋畔覓漁舟。”下刻小章曰“子剛”。雖未知時代高下，而蓋古迹也。成士執[70]、柳惠風皆來見之，以爲元人詩畫，未知信否。遂次其韻，以備詩話。

千年故國在西洲，雉礎依俙繞沸流。
活畫名詩灰劫出，汲人家簡晉人舟。【汲郡人發冢，得科斗竹簡；晉人於大航頭得《書》逸篇。】

冬夜

冬夜無眠到月高，雁群叫過葉聲颸。
龍涎燒罷團靑縷，【《香譜》“龍涎香出大食國。　其龍多蟠於澤中之大石，臥而吐涎。然龍涎無香，能發衆香，故用以和香”。[71]】魚眼沸來老白毫。【《茶經》“凡候湯有三沸：如魚眼微有聲爲一沸，四向如涌泉連珠爲二沸，騰波鼓浪爲三沸，則湯老矣”。白毫，茶名。】
麥仰稻垂看物性，【東坡詩：“稻垂麥仰陰陽足。”】　棘鉤松直任他

70　執：校正稿 수정사항. 원글자는 “集”.

71　香譜……和香：校正稿에서 내용과 위치를 수정한 사항. 詩의 “龍涎” 뒤에 있었던 원주 “香名”을 이와 같이 수정하고 이 위치로 옮긴 것.

操[72]。

歸田半載多新得，破甕貯書謾學陶。【陶九成著《輟耕錄》，摘葉爲紙，貯破甕埋樹下，十年而後出之。】

病臥【二首[73]】

世間、出世間，知不併因緣。

出世吾今病，鼎鑪問樂天。【白樂天作廬山艸堂，蓋欲燒丹也。欲成而鑪鼎敗，明日忠州刺史除書到。東坡論此事，以爲"世間、出世間，不兩立"。】

其二

甕虀與料錢，富有均三百。

二者吾皆貧，怕爲神所獲。【王壯元未第時，醉墜汴河，爲水神扶出。曰："若死於此，三百千料錢，何處消破？"時有久不第者聞之，陽醉墜河，水神亦扶出。其人大喜曰："吾有料錢幾何？"神曰："吾不知也。但三百甕黃虀，無處消破。"】

---

72 操 : 이 뒤에 본디 "佛語, 棘鉤松直, 烏玄鶴白, 皆有元由." 14자의 원주가 있었는데, 校正稿의 교정자가 삭제 표시함.

73 二首 : 校正稿 가필사항.

病枕呼兒，汲泉煎茶

雪乳松風取次成，病中茗飲覺肌[74]淸。

盧公七椀言何侈？【盧公茶論："一椀喉吻潤，二椀破孤悶。三椀搜枯腸，惟有文字五千卷；四椀發輕汗，平生不平事向毛孔散。五椀肌骨淸，六椀通仙靈。七椀喫不得也，惟覺兩腋習習輕風生。"】坡老一甌願足盈。【東坡《煎茶》詩："但願一甌常及睡足日高時。"】

爐記火籤無待候[75]，【火候也[76]。】兒工水劑有餘衡。

山居忘肉非緣乏，烹點【烹，烹茶；點，點茶。】年來收效竝。

山中四益【四首[77]】

松

環丘十載養顅龍，【顅龍，松之一名。東坡詩："春雨養顅龍。"】歲晏長期黛色封。

拱把以來如許久，茯苓消息杳難逢。【《抱朴子》"松脂入地千年，爲茯苓"。】

---

74 肌：저본에는 "肎". 조선시대에는 "肎"를 "肌"의 이체자로 사용하는 경향이 있었음. '几'와 '己(〉已)'가 글자의 右傍에 쓰일 때 모두 '기' 음을 낸다는 공통점에 따른 경향임.

75 候：校正稿 수정사항. 원글자는 "戒".

76 火候也：校正稿 가필사항.

77 四首：校正稿 가필사항.

檜

亭亭竦出衆叢間，萬卉凋零自舊顏。

護得辛勤三五樹，蟠根結子滿吾山。

栵

春妍秋老任天時，月下喬陰雪上枝。

從此山光粧點好，故家幽宅百年知。

栗

秋士生涯詑不貧，栗園拾子已盈困。

何如南畝終年力，未飽三餘十口身？【字出<u>董遇</u>。冬者，歲之餘，
而此三餘者，三冬之謂也。[78]】

山中四畏【四首[79]】

虎

大澤深林虎豹歸，此山窈窕不扃扉。

雪封以後多交迹，近日漁樵趁夕暉。

78 字……也：校正稿 가필사항.

79 四首：校正稿 가필사항.

蛇

水艸堤邊幾度驚？　訪花隨柳亦難平。【程子詩：“訪花隨柳過前川。”[80]】

龍蛇存蟄幽人利，【《易》：“龍蛇之蟄，以存身也。”[81]】霜後山蹊放杖行。

盜

東里前宵脫鼎甌，南村昨夜失農牛。

民飢歲儉情堪惻，大盜不尤反汝尤。【大盜字出《莊子》。[82]】

丐

劫行丐名最怕他，初呼積善再鳴鑼。

無端漁取村村粟，不事農商好自過。

和邵堯夫《首尾吟》七首

明皇非是愛吟詩，詩是明皇出世時[83]。

火色方騰人競速，【唐岑文本謂馬周：“鳶肩火色，騰上必速，恐不能

80　程……川：校正稿 가필사항.

81　易……也：校正稿 가필사항.

82　大盜字出莊子：校正稿 가필사항.

83　時：원래는 이 구 뒤에 원주 “出世間卽指佛法” 7자가 있었는데, 校正稿의 교정자가 삭제 표시함.

久。"】灰心已冷我還怡。

雪催寒候群山白，鴉集高梢一木熙。

客散門扃無事事，明皇非是愛吟詩。

其二

明皇非是愛吟詩，詩是明皇夜坐時。

四里砧聲鷄犬息，三更天色月星奇。

蜂窠託魄非長策，【古有學逃生死法者，託魂魄於蜂窠中，鬼卒尋之，不能得。】鳥道騁身慂戚施。

覓句終年猶近拙，明皇非是愛吟詩。

其三

明皇非是愛吟詩，詩是明皇杖策時。

遠樹煙生知有事，近村人出問何之。

當籬捆屨農風古，帶月索綯㘱俗移。【捆屨字出《孟子》，索綯字出《詩》。[84]】

翁老歸田何所業？明皇非是愛吟詩。

其四

明皇非是愛吟詩，詩是明皇睡足時。

夢過邯鄲都幻妄，【《太平廣記》"有客遇呂仙翁於邯鄲逆旅，自言久不得意。仙翁以一枕與之，客就枕，卽夢仕宦數十年甚愜意。及覺，所炊黃

84 捆屨字……詩 :校正稿 가필사항.

梁猶未熟也"。】神遊蒲塞悟慈悲。【伊蒲塞卽優婆塞[85]，佛地也[86]。】

鳥來雲去天機足，水寂山空日影遲。

看厭史書披韻坐，明皇非是愛吟詩。

其五

明皇非是愛吟詩，詩是明皇食已時。

夕照僧歸催擧趾，風枝鵲徙謾勞噫。

山中談世須浮白，【魏文侯觸[87]政，不如令者，浮以大白。】廢後思榮若染緇。

偶引麯生肩自聳，【《集異記》"朝官數人詣葉法善。座上思酒，忽有人叩門，稱'麯秀才'，論難蜂起。葉疑其妖，以劍擊之，化爲酒壺。坐客飲之，撫瓶，曰：'麯生風味不可忘。'"】明皇非是愛吟詩。

其六

明皇非是愛吟詩，詩是明皇壹鬱時。

甚事干渠牀滿笏？【唐崔琳每歲時宴於家，設一榻以置笏。】上天監女舌如箕。

笭魚兩忘吾何損？病藥雙無壽可知。【《傳燈錄》："亦無藥亦無病，正是眞如靈覺性。"】

85　優婆塞：원글자를 校正稿에서 1차 가필로 삭제했던 것을 도로 환원시켜 놓은 것.

86　也：校正稿 가필사항.

87　觸："觴"의 오류. 《說苑‧善說》"魏文侯與大夫飲酒，使公乘不仁爲觴政，曰，飲不釂者，浮以大白."

剩借窮居成不朽，<u>明皇</u>非是愛吟詩。

其七

<u>明皇</u>非是愛吟詩，詩是<u>明皇</u>靜默時。
名物棼棼誰到底？箋疏穰穰少抽奇。
青粘漆葉前方暗，【<u>樊河</u>**88**從<u>華佗</u>求不老方，<u>佗</u>以漆葉青粘散與之。】
白酒黃鷄野味知。
猶恥啞羊時發歎，<u>明皇</u>非是愛吟詩。

閑居【四首**89**】

<u>盤谷</u>村前土沃，【<u>盤谷</u>見<u>昌黎</u>《<u>送李愿序</u>》。**90**】　<u>曹溪</u>洞口泉香。【婆
羅門智樂南遊，至<u>曹溪</u>口，匊**91**水聞香，云："此必勝地，可建道場。"於
是有<u>南華寺</u>。】
村靜偏知日永，洞深不怕風狂。

88　河："阿"의 오류.《三國志·魏志·華佗列傳》"廣陵吳普彭城樊阿皆從佗學……
　　　阿從佗求可服食益於人者，佗授以漆葉青粘散……使人頭不白．阿從其言，壽百
　　　餘歲."

89　四首：校正稿 가필사항.

90　盤谷見……序：校正稿 가필사항. 1차 가필 "盤谷見李愿序"에 "昌黎送" 3자가
　　　추가 가필된 것.

91　匊："掬"의 古字.

其二

牛羊下括知夕,【《詩》: "牛羊下括。"**92**】鳥雀來喧問朝。

無客常忘巾櫛, 有書不窨詩料。

其三

松雪無風自墜, 山禽底事群去?

機心久已吾忘, 物性任他色舉。【《論語》: "色斯舉矣, 翔而後集。"**93**】

其四

樵老田夫結社, 漁**94**欄蟹舍爲隣。

叫過鴻雁何意? 暝立鸕鶿可親。

洞中古迹【三首**95**】

廣明寺【柳下村上麓有地突兀, 舊傳前朝廣明寺基。洞名廣明亦以此云。】

東麓雲根似狹斜, 勝朝釋氏此爲家。

經聲梵唄今何去? 尙有當年薝蔔花。【《維摩經》云: "如人入薝蔔

林, 惟嗅薝蔔香, 不嗅餘香。"薝蔔卽山菊花。】

---

92 詩……括: 校正稿 가필사항. 1차 가필 "牛羊下括字出詩"가 재수정된 것.

93 論……集: 校正稿 가필사항.

94 漁: 校正稿 수정사항. 원글자는 "魚". 어부의 집을 뜻하는 말로 "漁莊蟹舍"와
"魚莊蟹舍"가 모두 사용되므로 여기서도 두 글자 모두 쓸 수 있는 글자임.

95 三首: 校正稿 가필사항.

忠孝門【廣明寺舊基之左，有本朝金氏忠孝旌門。】

孰非人子盡人臣，

衛聖衛親卓立身。

行過吾村誰不式？

煌煌棹楔耀窮塵。

石彌勒【皇之後洞耕田人，得石彌勒一坐，仍奉山足金莎上，覆以楚茨，使避風雨。】

幾載法相埋地輪？　田夫具眼發畦畛。【《傳燈錄》："丹霞禪師遇一僧

於山下，問僧：'什麼處宿？'云：'山下宿。''什麼處飯？'云：'山下飯。'師

曰：'將飯與闍**96**黎喫底人，還具眼者也**97**？'"】

多生宿業吾今老，願力終須奉佛茵。

松楸屏伏之中，忽蒙歲饌、歲畫恩賜

珍包十襲自天宮，屏野微臣記聖聰。

名果美魚山海錯，祥麟瑞鳳畫圖中。【歲畫四幅，分寫四靈。】

平生曷有涓埃報？尺寸都歸造化功。

門薄雙懸仍正席，【《論語》："君賜食，正席，先嘗之。"**98**】村人欣睹

---

96 闍："闍"의 오류. 범어 Ācārya를 음역하여 高僧의 敬稱으로 쓰는 말은 "闍
黎"·"阿闍黎"·"闍梨"·"阿闍梨"임.

97 還……也：《東坡詩集註·石塔寺》의 자구를 따른 것임. 《傳燈錄》卷14에는 "還
具眼也無".

98 論……之：校正稿에서 위치를 수정한 사항. '先'은 校正稿 가필사항.

歲時風。

癸丑春望

前堤柳色望初新，百卉猶冬已占春。
張緒風流今不見，【齊武帝植柳前殿，常愛之曰："風流可愛，似張緒
少年時。"】亭亭車蓋少方人。

其二
村女群歸挑菜渚，【東坡詩："水生挑菜渚。"】靈禽分占結巢枝。
紛紛各有謀生事，無事閑翁覺日遲。

其三
鴻去燕來正值辰，晷添更短睡常貧。
今年春事應饒眼，四陌新栽萬樹榛。

田家即事

風風雨雨奈吾窮？【揚**99**子云："吾不能以春風風人，夏雨雨人，吾窮
必矣。"】春入田家野事豐。

藥圃新疏前臘雪，綿畦初除去年叢。

《輟耕篇》續憑誰讀？【陶九成著《輟耕錄》¹⁰⁰】種樹書披問僕通。

百慮終然經歷驗，倦爲休道我心蓬。

樂樂寮獨吟【二首¹⁰¹】

僻村永日寂無喧，鷄啄空¹⁰²庭犬臥門。

艷雪初消開水鑑，【韋應物詩："清詩舞艷雪，孤抱瑩玄氷。"¹⁰³ 朱子
詩："半畝方塘一鑑開。"】條風徐拂起花魂。

幽憂終老吾知命，晚計歸田亦畏言。

蟲臂鼠肝聊任爾，【"蟲臂鼠肝"字，出《莊子》。¹⁰⁴】逝將耕鑿報君
恩。

其二

君恩欲數淚先垂，保抱携持父母慈。

國有三朋爭伺釁，身經百劫竟無危。

論人每許襟懷闊，艱食頻沾藥裹貽。

小艸存心猶報德，【"小草存心"字，出《左傳》。¹⁰⁵】此生何日少酬

---

99 筦："管"의 통용자.
100 陶……錄：校正稿 가필사항.
101 二首：校正稿 가필사항.
102 啄空：校正稿 수정사항. 원글자는 "自啄".
103 韋……氷：校正稿 위치수정 사항. 원래는 본문의 "艷雪" 뒤에 있었음.
104 蟲臂鼠肝字……子：校正稿 가필사항.

知？

隣人憂余絶糧，詩以自寬【二首[106]】

欲待山資足，【《南史》，王秀之云："吾山資已足，豈可久留，妨賢路？"】
歸山定幾人？
畎收支半歲，畦摘了三春。
花鳥紛如許，雲煙詑不貧。
今年農候吉，會見麥盈囷。

其二

肯怕劉君至？吾無諛墓金。【《唐書》，劉叉持韓愈金幾斤去日："此
諛墓中人得爾，不若與劉君爲壽。"】
汲泉茶一啜，肴菜酒三斟。
渾里愁懸磬，【"懸磬"字，出《國語》。[107]】窮廬獨抱琴。
休嗟生計拙，毛雨識天心。【蜀人以細雨爲毛雨，春多細雨則穀登。】

---

105 小草……傳：校正稿 가필사항.
106 二首：校正稿 가필사항.
107 懸磬字……語：校正稿 가필사항.

登樓

一年春事半，今日上層樓。
柳罨籠青蓋，花熏鋪絳幬。
叉頭人語細，溪曲鷺眠幽。
鍼水應無遠，【稻初生時，雨下水生，謂之稻鍼水。東坡詩："鍼水聞好語。"】漁夫理釣鉤。

人間世

不盡人間世，吾生閱歷艱。
刹那餘四十，強半老譏訕。
攝念空花見，演乘聚石頑[108]。
從今無競地，魚鳥去來閑。

《碧紺珠》歌

余記性遲鈍，讀書不十過，不能誦，誦亦不能久不忘。故一遇考古鏡今之事，須黃嬭以自提撕。然人生則有四方之志，

---

108 頑：校正稿에는 이 구절에 두주로 "晉生公聚頑石而說法, 石☒點頭."라는 1차 가필이 있었으나 2차 가필에서 삭제.

豈鹿豕也哉，而常聚乎？卽行旅往來，窮鄕瑟居，傍無書
簏，茫然靡所徵信，則將聖作性，【王守溪作性說，引孔子語"心之
神明，謂之性"，而原文非性卽聖。】幻壯月爲牡丹，【山東人刻《金石
錄》，不知八月之爲壯月，而"玄黓歲壯月朔"，改作"牧丹朔"。[109]】亦其
勢之不容免。夫張橫渠之妙契疾書，陶九成之摘葉貯甕，皆
所以資手筆代腹笥也。前輩尙然，況余之遲鈍善忘乎？乃
自四十以後，凡有看讀，必雜記其可考鏡者。積數年，稍加
銓次，分門類書，名之曰《碧紺珠》，取張說記事珠之義也。

有珠有珠非珠珠，不産滄海産剡溪。【剡溪多藤，剝皮爲紙。古人
詩："溪藤熟搗淨涓涓。"】
結繩邈矣編簡勞，創紙侯倫[110]漢史題。【漢蔡倫[110]始造紙，時人
稱[111]蔡侯[112]紙。】
漁網、布絲沿革在，龜文、縠浪巧思齊。【倫始擣故[113]漁網爲
紙，名曰網紙。後人以生布爲紙，絲縱如故麻，[114]名麻紙。其後又以樹
木皮爲紙，名縠紙。】
誰把徑[115]寸誇爲寶？且使照乘能古稽。
張公所得珠中眞，碧紺其色通靈犀。

109 山……朔：校正稿 가필사항.
110 倫：校正稿 수정사항. 원글자는 "邑".
111 稱：校正稿 수정사항. 원글자는 "謂".
112 侯：校正稿 수정사항. 원글자는 "氏".
113 倫始擣故：校正稿 수정사항. 원글자는 "蔡始以".
114 絲……麻：校正稿 수정사항. 원글자는 "紙縱如故".
115 徑：校正稿 수정사항. 원글자는 "經".

我珠亦一張公珠，千箱萬軸恣取携。

平滑文砥鑑映物，【紙，砥也，謂平滑如砥石。】匹練秋水光燭藜。

聰明愈進四十後，正叔當年何珠齎？【伊川四十以後，記性愈進。】

思引建言應不倦，求據前事尋有蹊。

經傳子史啜英遍，施及百家與齊諧。【叶】

多聞記持佛莫譏，治藝治心工自暌。【佛語云："多聞記持，歷劫辛勤者，終不能修證。】

輪王髻寶問幾顆？【佛語云："輪王有髻裏之珠。"】蛟人室藏還如泥。

良田、益友豈善喻？【古人以良田、益友比書籍之功用。】　言乃功用珠亦低。

《丹鉛》舊目得無豲？【楊慎有《丹鉛摠錄》】《日知》新例猶未犁。【顧炎武有《日知錄》】

晴牕攠擋六年篋，州次部居圓一奎。

遣春書事

春光入律月行天，佛氏如如我實然。【佛語："如春入律，如月行空。"】

桃嫁杏楂紅白粲，薺生茶圃碧藍連。

雨師富有頻膏瀉，【東坡詩："天公眞富有，乳膏瀉黃壤。"】　農耦力勤不節愆。

已矣吾生今老大，初心日負學儒禪。

讀東坡《與歐陽叔弼誦淵明事》詩，有感于懷，遂步其韻

陶令之彭澤，玩世非求足。

始發絃歌說，寧未揣終辱？【淵明謂友曰："聊欲絃歌，以爲三逕資

可乎？"執事者聞之，白以爲彭澤令。淵明嘆曰："吾不能爲五斗米，折

腰小兒。"】

曠達要大隱，涇、渭在幽獨。

當時幾輩人，容他空洞腹？【王導指周顗[116]腹曰："此中何所有？"

顗曰："此中空洞無物，足容卿輩數百人。"】

糞土與臭腐，【或問殷浩："將莅官而夢棺，將得財而夢糞，何也？"浩

曰："官本臭腐，財本糞土。"】堪唾豈堪欲？

《歸去辭》一闋，勝似金百斛。

回笑麒麟楦，【楊炯呼朝士爲猭麟楦，或問之，曰："弄假麒麟者修飾其

形，覆之驢上，宛然異物，及去其皮，還是驢耳。"】不啻塵視玉。【周

子《通書》："銖視軒冕，塵視金玉。"】

吾亦慕陶者，追來思反燭[117]。

---

116 顗：底本에는 "覬".《晉書·周顗列傳》에 근거하여 수정. 이하 모든 "周覬"는
"周顗"로 고치며 교감기를 달지 않음.

117 燭：校正稿에는 "躅"으로 수정되었으나 원글자 "燭"이 옳음.《東坡全集·歐陽
叔弼見訪……賦此詩》"吾其反自燭".

聞景博與有本、有榘作古文會, 每五日必得一篇, 喜而不寐

六經無文法, 三代無文人。

文人與文法, 知皆後世言。【叶】

西京斯爲盛, 虛車紛飾輪。【周子《通書》: "輪轅飾而車不用, 徒飾也, 況虛車乎?"[118]】

所以楊子雲, 笑他繡鞶巾。【楊子: "今之學者, 非獨爲之華藻, 又從而繡其鞶帨。"】

雖然古之道, 自此有專門。【叶】

駢儷降六朝, 官樣生一倫。【古以館閣體, 謂之官樣。[119]】

於焉分古今, 學者岐筏津。

間氣諒爲傑, 眞脈不終湮。

倡起八代衰, 韓子是先民。

匠心何獨苦? 體裁務去陳。【韓子云: "文章無他術, 惟陳言之務去。"】

歐、蘇仍躅繼, 篇句俱法存。【叶】

斬斬繩墨整, 歷歷蹊徑新。

神變出其間, 平地忽嶙峋。

曾點瑟方希, 化人酒欲醇。

茲境至難得, 得之非呫呻?

下《郿》吾無譏, 【"下《郿》無譏", 見《左傳》。[120]】壇墠日詵詵。

---

118 周……乎: 校正稿 가필사항. 1차 가필 후 재수정한 것임. 1차 가필은 "☒輪虛車字, 出周子." "車"는 "人"의 오류.《通書》"輪轅飾而人不用, 徒飾也, 況虛車乎?"

119 古……樣: 校正稿 가필사항.

贋鼎誇商彝，糞丸擬隋珍。

瓦釜脚折鐺，十指亦屈伸。

何曾見一人，尚志嘐嘐然？【叶】

奇者還棘喉，才者但膏唇。

豪僕反主翁，悵望靡所因。【學古文者，縱不得抗衡古人，亦當爲其子孫，不當爲奴僕。 比如豪僕失主人，悵望靡所之，子孫則雖歷世久，必有肖其父祖處。此出明儒記[121]。】

矧伊偏壞俗，竊竊多畦畛？

席上皆腐儒，柱下求同塵。【《史記》："儒有席上之珍。""柱下"，漢史館名。[122]】

窮老帖括輩，陋矣不須嗔。

藝圃吾遊早，鬖髮將成銀。

寧解相馬法，【古語云："知九方皐相馬法，然後可以觀人文章。"】 粗窺作家樊？【叶】

斯文誠近古，胡、越如戚親。

拭眸顧邦族，庶見周伯仁。【賁嵩見周顗曰："汝、穎固多奇士，自頃雅道陵遲。今復見周伯仁，將振起舊風，清我邦族。"】

窮廬披家信，何事最喜聞？【叶】

一門三子弟，吃吃程課分。【叶】

---

120 下鄙無……傳：校正稿 가필사항.

121 明儒記：校正稿에는 "錢虞山語"로 수정되었으나 원글자 "明儒記"가 옳음.《魏叔子文集·溉堂續集敍》"學古文之文者……肖其祖父之處".

122 史記……名：校正稿 가필사항. "儒有席上之珍"은《史記》에는 보이지 않고《禮記·儒行》의 내용이므로 "史"는 "禮"의 오류.

文人豈天人？爲之在我身。

味來能忘肉，誰哉惡厲緇？

知汝才足企，把書首頻肯。【叶】

人間萬事樂，孰如文章眞？

千秋猶在後，一讀卽現前。【叶 ○“現前變遷，刹那不停”卽佛家語。】

一讀復一讀，勝似聆七均。【七均，宮、商、角、徵、羽、變宮、變徵也。《唐書·樂志》：“古無韻字，均卽韻也。”五帝之學曰“成均”，均亦音韻。周立太學，兼五帝三王之名，南學曰“成均”，宜學言¹²³語者處之。潘安仁《笙賦》：“音均不恒，曲無定制。”注：“均，古韻字。《鶡冠子》’五音不同均，然其可喜一也’。”《唐書·李綱傳》引周禮：“均工、樂胥不得列於士伍。”¹²⁴】

文章然有道，開闔貴渾天。【叶】

愼毋煩攬採，愼毋巧縫紉。

雲滃要必雨，陽透自成春。

無意於爲文，其文乃彬彬。

明皇雜詠【十八首¹²⁵】

終朝毛雨細無聲，隔樹頻聽布穀鳴。

香麯釀醅荷出沼，碧篛何必待三庚？【魏正始中，鄭公慤於三伏

---

123 語：이 글자 다음에 한 글자가 삭제되어 있음. 원글자는 판독 불가.

124 七均宮……伍：校正稿 가필사항.

125 十八首：校正稿 가필사항.

之際，避暑於使君林，取大荷葉盛酒，以簪刺，令與柄通，屈莖上，輪困如象鼻，傳嗡**126**之，名爲碧筩。歷下皆效之。】

其二

春渠曲折導三丫，西陌東阡水滿窪。
儂在田家何所事？漫吟詩句淡生涯。【裴度守東洛，夜宴牟酣，索聯句，元、白有得色。度爲破題，次至楊汝士，曰："昔日蘭亭無艷質，此時金谷有高人。"居易知不能加，遽裂之曰："笙歌鼎沸，莫作冷澹生涯。"】

其三

綠浪紅芬問幾時？偏憐喬木日繁枝。
枝枝葉葉無窮事，看取明皇老檜知。

其四

明皇雲水不勝清，井落蕭疏掩柴荊。【井，邱井也。落，籬落也。**127**】
楊柳堤邊農路在，夕陽饁婦餉春耕。

其五

爲郡營私笑阮令，【《晉書》："阮裕云：'吾少無宦情，兼拙於人間，既不能躬耕自活，必有所資。故曲躬二郡，豈以騁**128**能？私計故耳。"】無錢耽酒歎盧生。【盧仝詩："天下薄夫苦耽酒，玉川先生也耽酒。薄夫

---

126 嗡：底本에는 "翁".《酉陽雜俎》에 근거하여 수정.
127 井邱……也：校正稿 가필사항.
128 騁：底本에는 "聘".《晉書·阮裕傳》에 근거하여 수정.

有錢恣張[129]樂，先生無錢[130]養恬漠[131]。"】

如今晚悟桑門訣，香色根塵掃地清。

其六

男昏已畢女將歸，我亦坡翁俗累微。【東坡詩："男昏已畢女將歸，
累盡身輕志莫違。"】

獨有文章餘癖在，剗心近日損糠肥。【《漢書》："陳平長大美色，
或問：'何食而肥？'其嫂曰：'亦食糠覈耳。'"】

其七

青熒燈火到三更，抖數前塵意未平。

自少多言今半世，不才何故冒虛名？

其八

欲息風波須奉身，歸山以後更無嗔。

休言僻里誰從我，十室猶多好事人。【《漢書》楊雄贊："時有好事
者，載酒肴，從雄學。"】

其九

接果培蔬事事幽，【東坡詩："接果移花看補籬。"】山林經濟足排愁。

葉開子結無量利，勝似紅塵十載遊。

---

129 張：底本에는 "長". 《玉川子詩集》에 근거하여 수정.

130 錢：底本에는 "酒". 《玉川子詩集》에 근거하여 수정.

131 恬漠：底本에는 "澹泊". 《玉川子詩集》에 근거하여 수정.

其十

山容水色鴨頭靑，一雨前宵物物醒。

惜去迎來人便老，休將得失較餘齡。

〔校正稿 削除 標示作〕

其十一

桃花水上鱖魚肥，【《九洲記》：“正月解凍水，二月白蘋水，三月桃花水。”】擺釣前川取適歸。

三澁、五溪司命者，無心無迹問何機？

其十一[132]

庖廚性命走山林，【用“鹿走山林，命懸庖廚”之語。[133]】猶把殘篇日繹尋。

市歲晚工如許富，六朝古事已瞭心。【時，余看六朝史垂畢。】

其十二[134]

口安粗糲體安窠，蟻適蝸休我亦他。【柳子厚《乞巧文》[135]：“蟻適于垤，蝸休于殼[136]。”】

誤計隨人曾出世，年來華髮半風波。

---

132 一：校正稿 수정사항. 원글자는 “二”.

133 用……語：校正稿 가필사항.

134 二：校正稿 수정사항. 원글자는 “三”.

135 柳……文：校正稿 가필사항.

136 殼：底本에는 뒤에 “出子書”가 더 있음. 校正稿에서 삭제.

其十三[137]

晚着春衫病怯寒，出門已見麥如竿。

今年風雨無愆節，一日何憂得兩餐？

其十四[138]

百花開盡綠陰亭，一壑粃深外事冥。

社櫟非才終保性，【"社櫟非才"，說見《莊子》。[139]】 池魚無妄不憂

丁。【《風俗通》："有池仲魚者，城門失火燒死。"故諺云："城門失火，殃

及池魚。"[140]】

其十五[141]

十載無端棄耦耕，歸來社友笑相迎。

中間榮辱何須說？還我不妨遠志名。【"出則小草，處則遠志。"卽

晉郝參軍嘲謝太傅語。[142]】

其十六[143]

飛絮千條作小罪，遊絲百尺映晴暉。

---

137 三：校正稿 수정사항. 원글자는 "四".

138 四：校正稿 수정사항. 원글자는 "五".

139 社櫟非才見……子：校正稿 가필사항. "說見莊子"는 1차 가필 "☒莊子語"를 재수정한 것임.

140 風……魚：校正稿 가필사항. 1차 가필 후에 재수정한 것임. 1차 가필은 "古諺, 城門失火, 殃及池魚."

141 五：校正稿 수정사항. 원글자는 "六".

142 出……語：校正稿 가필사항.

143 六：校正稿 수정사항. 원글자는 "七".

須臾欲雨東風急，會事天翁弄化機。【朱子《與陳同甫書》："狂風吹倒亭子，却是天翁會事發。"】

其十七[144]

才不及人畫不工，徒然癡絶一山翁。【晉顧愷之，時稱三絶，才絶、畫絶、癡絶。】

山翁癡絶庸何害？秪恐出門遇溺公。【桓玄以一柳葉給愷之曰："此蟬所翳葉，取以自蔽，人不見己。"愷之喜，引葉自蔽，玄就溺之。信其不見己，甚以爲珍。】

〔校正稿 削除 標示作〕
其十八[145]

學煮糜羹豈足誇？【陸放翁詩："歸來更欲誇妻子，學煮雲堂芋糜羹。"】寧煨僧飯亦堪嗟。【錢牧齋云："多生習氣，一往粗浮，自今以往，生生世世，長鈍長愚，寧可向折脚鐺邊，擔柴煨飯，作啞羊僧。"】

人窮要識《西銘》義，憂戚王成晚節誇。

其十八[146]

莫怪胸懷抵死寬，多生閱歷習成安。

而今所得非難耐，何似泥塗巧刺鑽？

---

144 七：校正稿 수정사항. 원글자는 "八".
145 八：校正稿 수정사항. 원글자는 "九".
146 十八："八"은 校正稿 수정사항. 원글자는 "二十".

讀陸放翁集，有《成都昇仙橋，遇風雨大至，憩小店》詩一首。因憶昨年是月，舟訪佛窟，由巴涯歸，到昇仙橋下，遇風雨大至，憩小店。一如放翁事，遂次其韻以識之

往事前塵摠劫灰，昨年是月興悠哉。
苔深佛窟携笻至，灘急巴涯放棹來。
歌罷酒闌風忽怒，花飛絮落雨翻催。
昇仙橋畔仍停蓋，先我陸公一夢開。

初夏獨吟【二首[147]】

艸屩蓑衣滿四坪，村南村北室如傾。
鸎啼柳樾留春色，鵲語松簷報晚晴。
天與耐窮愁不解，人知忘世謗漸平。
《楞嚴》卷盡香煙了，怕走睡魔幾失明。【阿那律陀多樂睡眠，如來訶云："咄咄！胡爲睡？螺螄、蚌蛤類一睡一千年，不聞佛名字。"那律於是徹曉不眠，失其雙明。】

其二

麥穗稻針一色青，綿山碧疇下連坰。【"下連"字，出《書·洪範》"蒙驛克"注。[148]】

---

147 二首：校正稿 가필사항.

午鷄鳴罷村仍寂，晚餼歸遲戶不扃。

虛了半生勞柴柵，【莊生以紳笏爲柴柵】尚多閑[149]日臥雲汀。

胸中底事排難遣？ 文苑佳傳發聞馨。【聲發聞，"惟馨"字，出《尙書》。[150]】

醉後口呼

須看賢愚一綠苔，中年歲月倍相催。

平生稽古蒙何力？【桓譚曰："今日所蒙，稽古之力。"[151]】人世修今苦不諧。【晉祁嘉，字孔賓，少淸貧好學。年二十餘，忽夜，牕中有聲呼曰："祁孔賓！祁孔賓！隱去來！隱去來！修飾今世，甚苦不可諧，所得未毛銖，所喪如山崖。"】

稻秧刺水秋先覘，蓮葉浮錢露作瓔。

沽酒前村成小醉，餘光足了任他猜。

---

148 下連字……注：校正稿 가필사항.

149 閑：校正稿 수정사항. 원글자는 판독 불가.

150 聲……書：校正稿 수정사항. 원글자는 "劉因詩，禮樂心雖切，煙霞骨有銘."

151 桓……力：校正稿 가필사항. 해당 구절은《後漢書·桓榮列傳》에 桓榮의 말로 나오므로 "譚"은 "榮"의 오류.

次放翁陶山道中韻【并序】

陸放翁嘗自雲門之陶山，肩輿者失道，行亂山中，有茅舍小
塘極幽邃，求見主人不可，意其爲隱者也，悵然而歸，賦詩
識之。余所居明皇山莊，有茅舍有小塘，樹陰綿亘四麓，亦
極幽邃之趣。使放翁到此，將以余爲隱者而求見余乎？余
聞大隱之隱，隱不絕俗，余而遇放翁者，南阡北陌，恣其來
傲，芒鞋竹杖，日與之談古今而不厭也。

平朝飯罷起巡堂，蔬圃荷塘路不荒。
滿麓輕莎三寸碧，夾堤弱柳十分黃。
人鋤麥壠無喧事，鳥落花房聞異香。
身隱豈須揮客至？歸歟吾黨願連墙。

樓上閱史

山翠雲深繞小莊，主人無事閱芸箱。
麥秋天氣分朝晝，蠶月女工併饁桑。
已識方頭難媚俗，【陸魯望詩："頭方不解王門事。"蓋頭尖則善鑽刺，
方頭則不能，故唐人語，不能圓活轉變者曰方頭。】自甘傲骨合稱狂。
餘年誠得饒雞黍，老死不求出此疆。

病中午夜獨起【四首[152]】

山青水白月如銀，午夜微風起病呻。
數朵荷花嗅香遍，汲泉烹茗自惺神。

其二

鼾息交喧病獨醒，鳥驚密葉露斯零。
塵襟萬斛今宵盡，四十年來悟性靈。

其三

延康何劫又開皇？【道家稱劫數，有延康、龍漢、赤明、開皇之屬。】
九府、三元語太荒。【道家有三元、九府百二十官，一切諸神，咸使統屬。】
却被人心同惡死，小嘗大試至君王。

其四

萬事還他只自然，【佛語云："明還日輪，暗還黑月，通還戶牖，壅還墻宇，緣還分別，頑虛還空，鬱埄還塵，清明還霽。"】筌蹄經律密觀玄。【佛道初入中國，以經、論、律爲三藏。厥後達摩西來，以三藏爲筌蹄，而直指人心，俾之見性。】
形骸外物何常有？ 尊我靈珠照大千。【大千世界，亦出佛家語。[153]】

---

152 四首：校正稿 가필사항. '四'는 1차 가필 '三'을 재수정한 것임.
153 大千世……語：校正稿 가필사항.

次伯氏靜居韻 二首

言帚忘苕幾十年?【古有一比丘鈍根無多聞性。　佛令誦"苕帚"二字,朝夕誦之,言苕則忘帚,言帚則忘苕,每自剋責,繫念不休。忽一日能言曰苕帚,於此大悟,得無礙辯才[154]。】鈍根從古木人然[155]。【佛家語:"與鈍根說法,如對木人而待語,期石女以生兒。[156]"】

陳翁閉戶終收放,【陳烈先生苦無記性。一日讀《孟子》"求其放心",忽悟曰:"心不曾收,如何記得?"遂閉戶靜坐,不讀書百餘日,以收放心。自是一覽無遺。】詹老下梯却透玄。【詹阜民下樓梯,忽有所悟。】

其二

香燈貝葉送殘[157]年,三種幻心漸豁然。【眞空寺老僧謂酈子元曰:"佛家所謂幻心有三,或追憶數十年前榮辱、恩讐、悲歡、離合,此過去幻心也;或事到眼前,畏首畏尾,三番四復,此見在幻心也;或期望日後富貴,或期望功成名邃,告老歸田,或期望子孫登庸,以繼書香,此未來幻心也。"】

最是鷄鳴風雨夜,怕他强力劫吾玄。

---

154 辯才:底本에는 "下中".《林間錄》에 근거하여 수정.

155 木人然:校正稿 수정 및 가필사항. 1차 가필 후에 재수정한 것임. 원글자 및 1차 가필은 판독 불가.

156 佛……兒:校正稿 가필사항.

157 殘:校正稿 수정사항. 원글자는 "窮".

慈宮周甲誕辰，書下御製，命參班諸臣賡進

六旬回瑞甲，千乘奉瑤觴。
垂紼慈恩遍，娛賓法讌張。
荐休綿寶曆，志喜頌宸章。
海屋無疆祝，洋洋溢四方。

春仲朔日，蒙賜御製詩及中和尺，承命賡韻

恩賚酬令節，天香繞數重。
星麗儀美璧，【《周禮》："美璧以爲度。"】雲藻發洪鍾。
和樂須彝器，敷文驗禮容。
知應同度日，【《舜典》："同律、度、量、衡。"[158]】珍賜及夔、龍。

皇壇親享日，書下御製，命陪祭諸臣及抄啓諸臣賡進

九級壇高享祀親，苑花猶帶大明春。【大報壇花名，有大明紅。】
休言何地《春秋》讀，怳睹塗山玉帛陳。【"塗山玉帛"，用大禹朝諸
侯事。[159]】

---

158 舜……衡：校正稿 가필사항.
159 塗山玉帛用……事：校正稿 가필사항.

四海同悲尖頂帽,【"尖頂帽", 見史《外夷傳》。】 一邦依舊折風巾。
朱絃唱罷餘誠在,【《禮記》: "清廟之瑟, 朱絃而疏越。"[160]】 雲漢昭
回故事遵。

承命校閱《御定大學類義》訖, 與參校諸君子分韻識榮

經綸義理兩難全, 千載眞、 丘【眞德秀、 丘濬】匹美傳。
斯道在人寧墜地?【《論語》: "文、 武之道, 未墜於地, 在人。"[161]】 宸
心曠感[162]獨[163]呫鉛。
金鎔玉琢勞宵旰, 州次部居積歲年。
今日所蒙稽古力,[164] 題名勝事付詩篇。

---

160 禮……越: 校正稿 가필사항.

161 論……人: 校正稿 가필사항.

162 感: 底本에는 뒤에 原註 형식으로 "陳同甫曰, 惟聖盡倫, 惟王盡制。"가 더 있음. 校正稿에서 삭제.

163 獨: 校正稿 수정사항. 원글자는 "日".

164 今……力: 校正稿에서 이 구절에 頭註로 "今日所蒙, 稽古之力, 出《漢書》。"라는 1차 가필이 있었으나 2차 가필에서 삭제.

昔歲己未，先王考文敏公以副价留灣，次從曾王父恭肅公韻，
題詩凝香堂。後己丑，先仲父忠文公以灣尹續次其韻。今歲己
未周甲，余又以副价過住此堂，感舊步揭

閱甲詩留壁，追先淚漬瓶。
門闌光絶徼，旌節感離亭。
暮渡秋江白，遙程塞雨靑。
不遑專對責，念念醉頻醒。

九連城

九連城址摠迷津，水志山經說夢頻。
曷甸¹⁶⁵古墟自有地，【《淸一統志》，誤以我國曷甸九城，指爲九連
城。¹⁶⁶】鎭江遺迹此爲眞。【明鎭江府卽九連城¹⁶⁷】
山如彎抱平原足，川似帶紆石磴因。
時遇旗人憑軾語，雲南消息苦難賓。【雲南艸寇，久未討平。¹⁶⁸】

---

165 甸：校正稿 수정사항. 원글자는 판독 불가.
166 淸……城：校正稿 위치수정 사항. 원래는 "曷甸" 뒤에 있었음.
167 明……城：校正稿 위치수정 사항. 원래는 "鎭江" 뒤에 있었음.
168 雲南艸……平：校正稿 위치수정 사항. 원래는 "雲南" 뒤에 있었음.

瀋陽【七首[169]】

遼野中間有瀋陽，青州古域挹婁鄉。
物無不有人如海，十字街頭去不忙。

其二

鍾鼓樓高四市低，金光繡色爛盈睇。
紛紛揖引如相識，唱喏歸來日已西。

其三

朝鮮館下久徘徊，爲滌煩襟倒小盃。
聖祖當年經歷險，秖今志士掩蘭臺。【瀋陽朝鮮館卽我孝廟朝質留舊邸[170]】

其四

外攘門出路如衡，我有三仁此地成。
底事東方稱禮義？祖明二字日星爭。【《淸開國方略》曰："太宗諭令縛送首謀敗盟二三臣。朝鮮言'臺諫洪翼漢、校理尹集、修撰吳達濟曾陳疏斥和'，幷解送盛京。命誅于市，以正其倡義祖明之罪。】

169　七首：校正稿 가필사항.
170　瀋……邸：校正稿 가필사항.

其五

文物威儀視冠裳，不須彊弱繫戎裝。

如今駕馭饒長策，鉗得英雄石刻煌。【清初，遺民不樂夷服，則許以取次從華。及夫基業鞏固，乃立石碑於盛京文廟前，戒子孫以固守國俗[171]。】

其六

實勝何寺訪透迤，玉璽金經古迹奇。【天聰九年，元裔察哈爾林丹之母以白駝載金佛、金字經、傳國璽，至此駝臥不起，遂建樓云。】

四堡失謀那足問？【明末，汪道昆、李成梁獻議，建四堡，爲遼、瀋外藩，旋以地孤懸難守棄之。熊廷弼爭之不得。】二陵佳氣望如台？【瀋陽東北天柱山，有太祖福陵；西北隆業山，有太宗昭陵。】

其七

山河襟帶且無論，城市佳麗不必言。

百事可能難一着，通都風俗尙渾渾。

171　固守國俗：校正稿 수정사항. 원글자는 판독 불가.

己未[172]秋夕，自廣寧發，向閭陽驛。是年正月，伯氏判書公已捐館矣。感懷有吟[173]

醫閭山色望中靑，夾右長坪去不停。
好把街樽酬俗節，那堪斗室送殘齡？
看看市鋪爭殷富，在在城池識鐇局。
昨過熱河分路處，庚年往迹淚原鴒。【庚戌，先兄判書公以進賀副价赴熱河。】

山海關

山勢奔馳北口來，【山海關北山，自古北口來。】直窮千里海門開。
界分夷夏秦城遠，【山海關門之扁曰："華夷大界。"[174]】迹貴鑾初禹碣嵬。【《禹貢》碣石在此[175]】
不盡長亭多壁壘，欲知前路問興儚。
秋風志士偏懷古，曲曲停車輒引杯。

---

172 己未：校正稿 가필사항.
173 是……吟：校正稿 가필사항.
174 山……界：校正稿 가필사항.
175 禹貢……此：校正稿 가필사항.

奉贈寧遠知州劉松嵐【大觀 二首¹⁷⁶】

艷體陳言弊百年，紛紛壇墠摠忘筌。

方皋相馬無他法，吾愛松嵐獨佶然。【陳仁錫曰：“劉禹錫與柳宗
元書曰：‘端而曼，苦而腴，佶然以生，臞然以清。’論者謂此數句，嚼出
柳文妙處。”¹⁷⁷】

其二

秋風傾蓋古城隈，【鄒陽曰：“白頭如新，傾蓋如舊。”¹⁷⁸】如舊交情
一笑開。

飽讀中原文藻富，歸程話到篆煙灰。

附 和韻

何人兀兀以窮年？掃盡浮華得意筌。

把臂忽逢徐季海，【自注：“徐浩，字季海，文章為晉人眉目。”¹⁷⁹】山
中艸木亦欣然。

醽醁同醉白雲隈，隔水斜陽樹杪開。

自古詞人具仙骨，不煩爐裏畫殘灰。【自注：“僕是王漁洋先生姻

---

176 二首：校正稿 가필사항.

177 陳……處：校正稿 가필사항.

178 鄒……舊：校正稿 가필사항.

179 自……目：校正稿 가필사항. 徐浩는 唐나라 사람으로 《舊唐書》 및 《新唐
書》에 모두 列傳이 있으므로 “晉”은 “唐”의 오류.

家，而<u>漁洋</u>，<u>宋錢宣靖公</u>宅相。曾拜<u>漁洋</u>小眞，其仙骨酷⊠<u>宣靖</u>云，而
閣下又酷類<u>漁洋</u>故云。"**180**】

奉贈<u>李翰林</u>【_{鼎元}】<u>琉球</u>奉使之行

錦纜初開海日紅，<u>琉球</u>山色杳難窮。
道雖遠矣皇靈仗，<u>五虎門</u>【在<u>福建</u>，使行乘船之處。】前舶趂**181**風。
【<u>吳</u>中梅雨旣過，清風彌旬，<u>吳</u>人謂之舶趂風。**182**】

奉和<u>松嵐</u>見貽元韻，仍乞雅正

論交萬里卽千秋，長恨春波似鴨頭。
遼野征轅難再駐，山房醉筆憶曾抽。【與<u>松嵐</u>曾會於<u>玉磬山房</u>】
一年寄字憑霜信，【霜信，雁之一名也。**183**】兩地相思聽栗留。【《丹
鉛總錄》："諺云'黃栗留看我麥黃葚黑否'"。黃栗留，黃鶯也。**184**】
閉戶著書聊復爾，識<u>韓</u>從古博封侯。【<u>李白</u>《上<u>韓荊州</u>書》："天下
之談士，相聚而言曰：'人生不願萬戶侯，但願一識<u>韓荊州</u>'。"**185**】

---

180 自注……云：校正稿 가필사항.
181 趂：校正稿 수정사항. 원글자는 "趂".
182 吳中……風：校正稿 가필사항.
183 霜信雁……也：校正稿 가필사항.
184 丹……也：校正稿 가필사항. "黃栗留，黃鶯也"는 1차 가필 후 재수정한 것
임. 1차 가필은 "見<u>陸機</u>《草木疏》".

附 原韻

鑄史鎔經問幾秋？相逢已白著書頭。

吟毫欲捲寒雲去，別恨應隨碧艸抽。

雁寄書來人又遠，鍾敲夢散月難留。

浮生盡是違心事，擬署頭銜作醉侯[186]。

正宗大王挽章【十首[187]】

定鼎流虹太歲符,【本朝定鼎、正廟誕辰，俱在壬申。[188]】重輪瑞日
耀天衢[189]。

璿潢綿曆洪圖永，銀印傳心聖眷紆。【英廟賜正廟銀印傳心[190]】

王道允躋巍蕩化，人文長賴繼開謨。

煌煌徽烈揚窮宙，玉牒金泥詎盡摹？

其二

千乘無樂五旬慕，體祖尊親動合宜。

---

185 李……州：校正稿 가필사항.

186 侯：校正稿에는 이 글자 다음에 "皮日休詩：'他年謁帝言何事？請贈劉伶作醉
侯.'"라는 1차 가필이 있었으나 2차 가필에서 삭제.

187 十首：校正稿 가필사항.

188 本……申：校正稿 가필사항.

189 衢：校正稿에는 이 글자 다음에 "崔豹《古今注》：'漢明帝▨▨▨▨▨▨歌
▨▨▨▨▨▨《月重輪》."라는 1차 가필이 있었으나 2차 가필에서 삭제.

190 英……心：校正稿 가필사항.

義別嫌微吾有受，道存斟酌質無疑。

群陰永掃邪詖熄，大誥明颺涕淚滋。【丙申成服日，<u>正廟</u>領大誥，布諭秉執之大義理。¹⁹¹】

手批辛春元輔箚，知應惇史謹書之。【辛丑春，元輔袖箚，論某年義理，<u>正廟</u>親御雲翰以答之。¹⁹²】

其三

監先政法率由章，精一相承聖思長。

日月觀瞻儀漢寢，【<u>日瞻</u>、<u>月觀</u>，觀省閟宮之門名。¹⁹³】 春秋祀禴優¹⁹⁴<u>堯</u>墻。

躬昭節儉期回俗，運撫豐亨輒戒康。

謙德竟辭徽號晉，百王高範仰彌光。

其四

皇王尺度運精微，揮攉神權大範圍。

地紀天經扶義理，霜摰露潤擘恩威。

書成麟筆昭監戒，【<u>正廟</u>以《明義錄》謂之一部《<u>麟經</u>》¹⁹⁵】 道在龜疇總會歸。

尙憶年年同德讌，【臘三同德會，先朝不忘在<u>莒</u>之年年盛擧也。¹⁹⁶】 猥

---

191 丙……理：校正稿 가필사항.

192 辛丑……之：校正稿 가필사항.

193 日瞻……門名：校正稿 가필사항.

194 優：校正稿 수정사항. 원글자는 "愛".

195 正……經：校正稿 가필사항.

196 臘……也：校正稿 가필사항.

隨臣叔侍彤闈。

其五

燕寢求衣夜五更，憧憧一念繫蒼生。

船艀幾遣重溟度？鍫貫頻看內帑傾。

澤洽幽明埋骼胔，書頒《字恤》育孩嬰。【指《字恤典則》也[197]】

連年暘雨咸時若，知自中宸惕厲誠。

其六

煖閣、平臺接近臣，【平臺，皇朝接近臣之所。[198]】聲明禮樂煥乎彬。

周情、孔思昭經緯，劉《略》、班《書》摠引伸。【劉歆著《七略》，班固著《七書》。[199]】

浩瀚篇章涵海瀆，淵深學術貫天人。

羲、文以後君師統，何幸臣身覿德親。

其七

紫陽夫子翼經功，尊尚宸心契合融。

寤寐全書彙一統，【朱書大一統，先朝晚年玉振之聖功也。[200]】表章

---

197 指……也：校正稿 가필사항.

198 平臺皇……所：校正稿 가필사항.

199 劉歆……七書：校正稿 가필사항. 일반적인 용례에 근거할 때 "七書"는 "漢書"의 오류.

200 朱……也：校正稿 가필사항.

斯道詔群蒙。

瓊函江、浙搜求遍，玉節幽、燕信使通。

灣上承綸渾似昨，更從何地效丹衷？

其八

憂勤頻仰彩眉凋，無疾群情聽巷謠。【《孟子》："吾王庶幾無疾病
歟。"[201]】

天象忽驚紅日盪，帝鄉回望白雲遙。

沖王黼冕臨周宇，文母簾帷御宋朝。

啓佑方知詒翼烈，泰山磐石鞏宗祧。

其九

華城南望鬱崔嵬，鳳翣龍輴蹕路開。

松栢幾霑新雨露？山川長護舊池臺。

十年經始宏規遠，萬歲巡遊吉兆裁。

最是同岡仙隧近，玉欄高處羽旌陪。

其十

幾載從容侍陛軒？欲書洪造淚先吞。

一門頂踵誰非賜？三世簪纓共沐恩。

視似家人頻降札，念勤契活輒垂存。

來生矢報猶恒語，戀結難銷百死魂。

---

201 孟……歟：校正稿 가필사항.

疏啓

疏啓

辭副修撰兼陳所懷疏

伏以臣欲報聖德, 天地莫量。 爲人臣而蒙被造化之偏者, 歷數前古, 果有如臣之父子兄弟也乎? 生成之恩, 長浹於骨髓; 保惜之慈, 罔間於顧復, 至今使一門金紫爛映於簪紳之列。

而又以臣之庸陋淺劣, 僥倖一第, 秖益其盈盛之懼, 則乃聖上終始拂拭, 曲加陶鑄, 唱名之初, 特差記注, 乍出旋入, 周歲于茲。 依近日月之光, 薰沐雨露之澤, 榮寵所曁, 志願滿足。 尚有一分餘念, 或及於尺寸之進。 而陞品之典旣越常格, 登瀛之選不踰數月, 除旨聯翩, 蓬蓽動色。 臣雙擎九頓, 感淚被面, 實不知何以得此也。

夫國家之設置玉署, 將以輔君德而咨治謨也。 其責任重故其遴選別, 其遴選別故僥濫者罕與焉。 必皆華猷聞望超出等夷, 儒雅足以資啓沃, 淹貫足以備顧問, 詞命足以煥黼黻, 然後方可擬議。 若臣者幼而失學, 長益荒嬉, 鏤氷雕毫, 迄用無成。 其自脫於銀根獵臘之譏者, 幸賴功令之遺力。 則雖使才不逮古人, 鮮[1]稱職有逾於臣者, 奚啻千百?

---

1 鮮 : 문맥상 호응하지 않는다. 연문(衍文)인 듯하다.

而舉以授之，不少留難何哉？

噫！臣雖頑如木石，苟其才識有可以絲毫裨補者，豈敢不竭其衷赤，少效塵剎之報？而反復思惟，堪承無望。與其分外難開，終陷毀畫之科，毋寧量而後入，免致玷累之誚？召牌之下，來詣闕下，猥入文字，冀垂體諒。伏乞聖明亟改臣新除館銜，仍治臣瀆撓之罪，以嚴朝綱，以安私分。不勝幸甚。

臣於見職，自知不堪，顧何敢妄與於論思之責？而惟其傾葵之情寤寐如結，獻芹之願參倚在前。茲將陳腐之說，仰副周諮之衷。

然念爲學爲治初無二道，推之一字，即聖門相傳之旨訣。而大堯之協和萬邦，推自欽明文思之德；文王之其命維新，推自仁敬孝慈之德。則求治之要亦無過於善推所爲。故唐宗賞諫百萬，而魏徵以容直之量推之；宋帝行避螻蟻，而程子以及物之仁推之。況臣嘗忝邇列，其於我殿下妙道精義，欽仰而服膺之者多矣。請以善推之說，庸勉可大之業可乎？

其一曰勤講學。臣於昨夏隨承宣入侍也，伏睹我殿下爲民祈雨，整衣達宵，遲待將事之畢，始許筵臣之退。而近自道學之淵源，遠至宋朝之人物，率皆上下討論，務求折衷；末又以寬大敦朴之體，發強剛毅之用，爲詔措治之規模。雖以臣之初學蔑識，怳然似有得其要領者。貞觀之乙夜觀書、咸平之退朝課業，豈獨專美於古？

而第念帝王之學與韋布不同，本之精神心術之微，見諸禮樂刑政之著，不但探究理趣，講明疑義而止耳。故亓尊六經，禮備三畫，不以講官之匪人而或懈延訪之誠，不以應對之失旨而或示厭薄之色，以至於某事爲先王仁政而未盡施行、某事爲今日弊端而未盡釐革、某利未興、某害未祛、某賢未用、某物失所，無不敏以求之，信以出之；觸類而長之，時省而行之者，此治道之所資於講筵而不容已也。

近來法講有時間斷，咫尺邇英或阻紫花之墩，委蛇石渠漫持靑綾之被。雖因寒暑之例停、朝會之相值，而得不有歉於大聖人緝熙之謨歟？方今春晷漸長，館僚咸備。伏願殿下推燕閑翫索之餘，頻開經筵，以積施措之基焉。

其二曰懋存養。臣於昨夏課講入侍也，伏睹我殿下因論《大學序文》，以程子之敎人靜坐、橫渠之敎人檢束，發明存養之義，而縷縷卞析乎象山之尊德性、餘姚之致良知。臣何幸聞所未聞，而有以仰聖上研深極微之學，卓越百王也。

夫此心之靜也，事物未至，思慮未萌，一性渾然，道義全具，則若無待乎人爲之容力。然氣質之拘蔽相隨，本地之風光易差。浮念之紛糾無當於七情，而反害純一自在之體；外誘之交引不累於五官，而或致深寐熟睡之病。故戒懼於外，以達持養之地；提撕於內，以反收斂之本，使之寂寂惺惺知覺不昧者。此朱子所謂靜中之動也。

此心之動也，鑑衡有定，酬酢有常，一理推去，泛應曲當，則若無待乎工夫之猛着。然端倪之向背難卜，天人之勝負互形，姸媸之來照不止於萬象，而未免將迎膠滯之歉；日用之反省非忽於三思，而尙慮馳鶩走作之失。故愼獨於初，以求幾微之間；遏欲於終，以收精察之效，使之亭亭當當大用不疵者。此朱子所謂動中之靜也。

雖然存養省察，固宜齊頭幷脚，銖積寸累，而至於涵泳之淺深、克治之緩急，又不可不從其欠闕處而益加之意焉。且以程門諸君子言之，游定夫之溫厚篤實、呂與叔之深沈縝密，勉在克治之偏重；謝顯道之切問近思、楊中立之穎悟精微，勉在涵泳之偏重。則善言學者，亦可以知所擇矣。

臣竊瞷殿下以天縱之資，篤日新之業，超然獨觀之知、勇往直前之行，固非臣等所敢測度。而惟其高明之過，英氣太露，淵停含蓄之象，常無以勝夫文理密察之用。

存養二字，誠爲修德凝道之大端，而在聖功尤是當務之先。伏願殿下推講席問難之念，每加操持，以立萬化之原焉。

其三曰輔儲嗣。臣於昨冬輔養官入侍也，伏睹我殿下以蒙養之責，諄諄誨諭於兩大臣。夫蒙以養正，成周之制詳矣。昔成王之幼在襁褓也，召公爲太保，周公爲太傅，太公爲太師，保以保其體，傅以傅其德，師以道之敎。又選天下端良孝弟博聞有道術者，以翼衛之，使夫左右前後罔非正人，飲食起居罔非正事。然後齒胄肄業之儀、問道禮賢之節，以次而備焉。蓋早諭之敎，三公主之；漸染之益，庶僚佐之，誰昔然矣。

況我元子宮岐嶷之姿天成，溫文之質夙就，离筵接賓，其將指日可俟。此儒臣所以發端於前，大臣所以繼陳於後，欽遵成命，各舉所知。

而惟是道學與經學門戶不同。道學者，得不傳之緒而以斯道自任者也；經學者，竭心思之力而以窮經爲務者也。故孔、鄭、賈、陸之流，謂之道學則未也，謂之經學則無歉焉。此作《宋史》者，所以《儒林》、《道學》各立爲傳，而經學之綜名物疏旨歸，其功不多讓於道學。然自專門之學廢，後世經學，率不越乎掇拾傳註，舊話加鮮而已。

臣意則略倣西京五經博士之制，以《易》、《詩》、《書》、三禮、《春秋》，專立五家，而以此薦中之人，分屬於五經之目，使之毋雜他書，悉心演繹，待冑筵開講之日，講《春秋》則《春秋》家進焉，講三禮則三禮家進焉。宮官差擬之際，亦必以五經之家，平分排比，以備旁引參稽之資。則其所裨益，必當萬萬於泛濫無實。

此非臣一人之私見也。曾在先朝故大提學臣南有容請令儒臣修明四書五經，人各治一書如漢專門博士之學，則前輩於此，固已論之熟矣。伏願殿下推前席誨諭之念，博詢便否，以盡輔翼之具焉。

其四曰廣聽納。臣於歲初以抄啓文臣入侍也，伏睹我殿下惓惓以言路之閉塞爲憂，引新除臺臣，俾各極論袞闕。

夫言路之關人國家，其來尚矣。語其緊重，則譬之於血脈之在身；論其通塞，則喻之於呼吸之在口。以之占隆替之說而窮治亂之故，爲人君者孰不欲痛祛婗婀，登庸忠鯁，以固其億萬年無疆之休？而祇緣逆耳之言，常難於包容；遜志之論，每易於詭隨，好惡主於內，而取舍形於外。則下之事上，亦不得不視君心之趨向而爲之從違，此理勢之自然相因者也。

臣於今日言路，竊有所訝惑于心者。我殿下御極以後，朝著之上，未聞以言而獲罪，則是殿下無厭直之心矣；絲綸之中，必先責躬而求助，則是殿下有來諫之誠矣。

然且習俗偸惰，風節委靡，含糊鶻突，便作涉世之良策；峭厲激切，反歸昧事之愚夫。於是乎臺閣之故紙殆成文具，懲討之大義亦復甎塓。

合辭諸賊，萬世之所必讎，而尙逭當律，倫彝日晦；假息餘醜，三尺之所難容，而倖漏天網，隄防日壞。憂虞之端，蓋不特爲之兆，而刺時弊則疥癬之微，痛哭以陳之；劾人物則蚊蝱之細，盛氣以擊之，一副圈套，要不外於平步坦途，無怨無惡。清官美職，視同循序之階；國計民隱，置之相忘之域矣。是其世級旣降，宿弊轉痼，似非一朝奮發所能挽回。

而臣愚死罪以爲我殿下雖無厭直之心，而未有獎直之政；雖有來諫之誠，而奈無用諫之實？因仍之間，自不覺其浸漬益下。雖緣三司之地，論議風采，寂未見可獎可用者，而勿論事之得失、言之當否，亦豈無獎一臺臣，用一謀猷，以鼓動振作之道乎？

夫色辭以砥礪，不如賞罰之勸懲；聲氣以招徠，不如注措之采施。伏願殿下推臨朝戒敕之念，隨事聽納，以開不諱之門焉。

其五曰理財用。臣於前後筵席，伏睹我殿下深軫饑饉之荐臻，爲慮民食之艱難，書揭設賑之邑，講究生穀之方。憂勤之聖德，孰不欽仰？而臣則以爲財用足則歉荒不足畏，財用不足則豐稔不足恃。

夫財用者，國之常經而不可一日無者也。故平天下之道，不外於用人理財，而理財之說，又不外於生者衆，食者寡；爲之疾，用之舒。

我國地廣人稠，素稱富庶之邦。而挽近以來，凋弊轉甚，蠲恤之恩、損益之惠，蓋嘗勤且摯矣。樂歲生涯，未見含哺之老；凶年契活，常多啼飢之民。以至百物翔踴，市無不貳之價；六府蠹傷，吏懷自肆之利，而公私之儲蓄，匱竭殆盡矣。

夫救弊之策，必知其生弊之源，然後方可措手。臣嘗伏見<u>皇朝</u>萬曆中兵部所條陳本國事宜，概以長衫大袖，譏其風俗。且曰"<u>朝鮮</u>，貴世官賤世役，宜令破格搜采，懋用人才"。嗚呼！<u>皇朝</u>之爲外國計者，若是其切，而乃我朝之自爲計則曾莫之聞也乎？

大抵長衫大袖，實爲耗財之大端，而長衫大袖之弊，又本於貴世官賤世役。古者仕以德爵以功，有世祿而無世官，則曷嘗有生而貴賤者乎？故曰："<u>文靖</u>相<u>慶曆</u>之治，<u>申公</u>新<u>元祐</u>之風，而<u>呂氏</u>之家聲不替者，以其賢不以其世也；<u>忠憲</u>輔<u>景祐</u>之政，<u>持國</u>正<u>熙寧</u>之法，而<u>韓氏</u>之家業不墜者，以其人不以其類也。"

我朝則不然，其人之賢不肖，且置勿論，專以地處相上下。華冑顯閥，全沒才具，而出入清要之班；寒門冷族，空抱利器，而低徊宂散之秩。遂致一國之風聲靡靡然恥言農夫，而稍有貲資者，舉皆爲子孫立身計。

於是乎不務實利，競長癡慧，方里之井，絶罕躬耒而執耜；環堵之邑，摠是衰衣而博帶。繡錯之田疇，既乏人力之蓄畚；秋功之收獲，豈係天時之休咎？其勢不得不生者漸寡，食者漸衆，而爲之不疾，用之不舒，亦其次第事耳。雖歲減常供，年發倉粟，殿下尙安能每人而周之乎？不如端其本而制其末。

試使秉銓之臣擢一畎畝之茂才，措諸峻選；屈一閭閻之庸品，擯諸名塗，以示之兆。而從以行此之令，信如四時；執此之政，堅如金石，俾人人相率樂赴於耕作之本業，而不復以游食爲高致。則藉有十年之旱、九年之水，人和之至，足令地利斡旋。此平天下之要道，而用人所以爲理財之本者也。伏願殿下推夙宵勤民之念，丕變風俗，以求理財之源焉。

其六曰變貢舉。臣伏睹我殿下臨御之初，渙發綸音，歷論貢舉之弊，欲聞矯捄之策。又自昨秋以後，頻引館學儒生，或頒題而較藝，或試講而考實，作成之效，已彬彬可觀。而獨奈因襲之制苟循，變通之政莫聞？臣於理財，既發其端矣，更以貢舉所以爲用人之本者，爲殿下畢言之。

夫三代選士，古今異宜。而由漢迄明，經義文詞，分爲二科，歷代相沿，未嘗偏廢。如漢之有明經而又有射策，唐、宋之有明經而又有進士是也。

然明經每事口耳，文詞務主涉獵。故宋語曰"焚香取進士，瞋目待明經”。皇朝王鏊《制科議》曰：“明經雖近正而士之拙者爲之，詞賦雖近浮艷而士之高明者爲之。”由此觀之，貴文詞而賤明經，非今斯今。

然古所謂明經，亦非能誦而止耳。抄謄訓詁，臆釋旨義，如我朝生員試之經義、四書疑，而所謂文詞，或論策、或表箋，隨所命題，各呈其功。則其實經義、文詞，同一製述也。故皇朝洪武初，頒定科制，分三場取士，初場經義、四書義，二場禮樂、論、詔、誥、表、箋，三場經史、時務策，而三場後十日并皆面試。此明儒所謂“今之製述，即古之明經也”。

乃我朝之以能誦爲明經，實往古所未有之法，而其買櫝還珠之害，殆甚於割裂粧綴之風。況背講七書，其功至難，苟非童而習之，白首紛如，則無以應試。故明經之兼治製述，人皆知其行不得之事。而猶於初試三場，强之以平生所不習之製述，若言今日釐弊之急務，孰有大於永罷明經之科乎？

然明經其來既遠，從事者衆，不可一朝遽革。寧就明經科三十三人，半屬明經，半屬製述，而其試取之規，申明《經國大典》條例，初覆試并分三場，初場以四書三經取明經生，二場以賦表，三場以策文取製述生。仍於覆試後幾日，用皇朝故事，自上分製講，親行面試，一講一製，相錯科次。則朝有登英之美，野無遺珠之歎。伏願殿下推平日樂育之念，更令商確，以責用人之實焉。

辭修撰疏

伏以臣猥以菲才，謬膺華選，一疏控讓未解蚊負之重，六日
持被畢露驢技之殫。不稱之愧，何待人言？果然司諫李福
徽之疏出，而臣亦可以知所處矣。

噫！自古玉署之必用圈錄，其意豈徒然哉？蓋以清要
之地掄簡宜嚴，故先之以館僚之會圈，繼之以都堂之完錄，
必欲其舉一世之公議而無少間然。然後始許銓曹之注擬焉。
苟使圈錄毫有不叶於物情，則勿論臺評之在己在人，顧其
職卽皮不存之毛耳。

況此諫疏下款，專以無所黜陟致嘅於堂錄諸臣，則其
當黜而不黜，當陟而不陟者，安知更無別人？而尙可諉之
於不斥其名，晏然蹲據若固有之乎？

日前召命之荐違，非昧義分之都虧，而四維所關，一遞
爲期，循例薄勘，匪罰伊恩。今又乍罷旋授，天牌儼辱，而
反復揣量，祗承無路。玆敢略暴難冒之實，冀蒙曲諒之澤。
伏乞聖明亟令刊改臣職，仍治臣前後逋慢之罪，以重公器，
以肅朝綱。千萬幸甚。

因李福徽疏辭職疏

伏以臣不幸而忝科名，又不幸而厠瀛選，竟使罔極之危辱，
挑發於通籍之初。靜言反省，皆其自取，抆血窮廬，惟誅戮

是俟。不意憫覆之天曲垂終始之澤，三至之讒說莫售，十行之恩綸誕宣。臣雙擎跪讀，掩抑而不成聲。秪恨其爲臣無狀，重貽援拔之聖慮也。

嗚呼！亂逆，人所同仇，逆節既露之後，猶且係戀而私好之者，彼固逆耳。方能賊之矯誣一世也，其潛滋之凶謀、陰蓄之異圖，臣無燭微之明知，不能前幾而覷破。有時追思，寢夢亦驚。以此罪臣，臣尚何辭？

而今之爲言者，乃反沒臣之後，瘢疵臣之先病，無事則相忘江湖，有爲則惹起風波，凡幾年于茲。偏蒙我殿下至仁至明諒其情而惜其家，丁酉臣父之疏批、庚子常參之筵教，昭如日星，炳若丹青。臣銘鏤在心，莊誦在口，庶期持此聖訓，永有辭於天下後世，而不復憂身名之污衊、門戶之顚覆矣。

及夫妄涉仕路，厚招敲撼。臣無競人之力，而人則欲競乎臣；臣無禍人之心，而人則欲禍乎臣。卒之以伏沙暗射之蜮弩，施之於未霜將墜之蠹葉，噫嘻，亦太甚矣！

雖然志在逞快，索瘢必細；計急剪除，下石必重。橫逆之加，臣顧無一毫不平。而念臣之罔恤滿盈之戒，冒占僥倖之第者，豈其意專出於貪戀寵祿，以賭一時之宦業哉？實緣天地之造、父母之慈淪浹骨髓，感結衷曲。區區以殫竭奔奏之勞，少暴其愛戴之忱願，即人情之所不容已。

況自釋褐以來，屢叨邇列，昵侍文陛。本駑駘也而鞭策之，使備參兩；本樗櫟也而繩削之，使備枯楔。臣竊自幸其長涵雨露，賴有成就，以畢餘光於陶甄之中矣。不謂人怒鬼猜, 投間抵隙, 綾被之榮若隔前生, 金華之步便成鐵限。是則臣之命也, 嗚呼, 尙誰怨尤!

爲今之道, 惟當息影斂迹, 避遠疑謗, 仰體全保之德意, 毋犯傾軋之駴機。甌臾止丸, 理固皎然, 而不報之報, 抑亦卽此乎在矣。臣聞其懇切者, 其語不蔓, 臣何敢蔓語哉。伏乞聖明俯垂矜憐, 亟令刊臣朝籍, 俾臣得以屛伏田里, 自訟懲尤。不勝涕泣祈祝之至。

辭右承旨疏

伏以旻天不弔我邦家, 蒼震奄閟, 玄隧且局, 千古已遠, 八域普慟。而況如臣之曾忝邇班, 頻覲离明者, 其叫號哀隕, 尤當如何? 縱因敦匠之役, 粗伸蕘土之願, 嗚呼, 尙可及哉!

臣, 僇人也, 至于今獲全軀命, 伊誰之恩? 拔之九死之餘, 拯之衆棄之中, 旣欲其生, 又欲其榮, 而若保之德意迥絶朝紳。臣能仰感俯怵, 謹愼持己, 恒念孤負之懼, 遠避傾軋之場, 則平地駭浪, 奚自而起?

惟其齟齬之性與世寡合, 媒孽百端, 拳踢屢起, 而畢竟罔極之危辱, 遂及告退之老父, 噫嘻, 亦太甚矣! 爲其子之擠陷, 容易移鋒於其親, 此豈但一身之私痛、一家之不幸哉?

臣嘗聞前輩之於風俗倫紀, 必重必審。故如臣遭罹者從宦依舊, 則有識之論莫不譏其無恥。藉令臣任他笑罵, 恣意兜攬, 一時士大夫其肯與臣爲伍乎? 抑何以戒放倒之類, 懲貪戀之習, 而得不重傷於淸朝之名檢乎?

臣方揣量甚熟, 墨守有定, 一副處義, 參前倚衡。官職之積誠祈懇, 必欲辭巽, 所以存咫尺之操也; 往役之隨事竭力, 罔擇夷險, 所以酬塵刹之報也。縻身於進退之間, 棲迹於去留之際, 使夫未忍便訣之忱、沒齒自靖之計, 兩行而不悖, 然後庶幾得免於不忠不孝之罪。苟非然者, 以臣之一飯不忘昵侍天陛, 依近日月, 卽其宿昔之所常願, 焉用如慢如僞, 備例飾讓爲哉?

日前暫出, 雖諉之怵迫嚴命, 從後行止, 決不當夤[2]緣倖會。且以目下情勢言之, 院啓之當初繳還、轎前之末梢爭執, 臣與長僚實同其事, 則長僚之尙在罪罷, 亦爲臣必遞之一端。茲不得不隨詣闕下, 冒死控籲。伏乞聖明俯賜鑑諒, 亟收臣銀臺新除, 仍令選部勿復檢擬, 俾以散秩軍銜時效於殫勞之地。千萬不勝顒祝。

喉院請檀君墓置戶守護啓

檀君, 卽我東首出之聖, 而史稱編髮蓋首之制、君臣上下之分、飮食居處之禮皆自檀君創始。則檀君之於東人, 實

---

2 夤 : 저본에는 '寅'으로 되어 있으나 일반적인 용례에 근거하여 수정하였다.

有沒世不忘之澤，其所尊奉，宜極崇備。

而臣待罪江東，見縣西三里許，有周圍四百十尺之墓。故老相傳指爲檀君墓，至登於柳馨遠《輿地志》，則勿論其虛實眞僞，豈容任其荒蕪，恣近樵牧乎？

若以爲事近虛誑，則黃帝之塚東西兩在，而歷代哲辟之并命守護何也？ 若以爲檀君入阿斯達山爲神，不應有墓，則旣有喬山之舃，又有崆峒之塚何也？

況檀君廟在於平壤，而本朝秩之爲崇靈殿。 則此墓之尙闕秩典，誠一欠事。當此修廢擧墜之日，合有象德報功之道，故敢此仰達矣。

上曰：

雖無徵信之迹，邑中故老旣有指點之處，則或實卒守護，或立石紀實，他道可據之例，不一而足。況此處事迹，昭載邑志云。然而不惟不立石，又無守護之人，甚是欠事。旣聞之後，不可無修治之擧。年代久遠，且無十分可信文字，雖不設祭，宜禁樵牧。以爾筵奏出擧條，仍令該道伯來頭巡過時，躬審形止，以塚底附近戶，永定守護，本邑倅春秋躬進審察，使之報營事，定式施行可也。

喉院繳還李廷楫等減律之敎啓

嗚呼！ 以今日臣民彌中痛冤之忱，力爭四朔，顒望一兪者，惟在於丕正諸醫之罪，少洩神人之憤。何幸廓揮乾斷，夬允臺請，王法有獲伸之日，隱情得鉤覈之會？而乃於傳旨之下，忽承勿施之敎，臣等相顧愕眙，誠不勝抑塞憂慨之至。

噫！臣等豈忍復提此說，以憾我聖心？而惟彼諸醫萬戮猶輕之負犯，卽其貪功忌人，諱睿疾而投峻劑者，爲斷案耳。

噫嘻！從古以來，曷嘗見二三醫官妄試庸技於莫重之地，而朝廷不得知，中外不得聞者乎？殿下雖以己酉處分爲敎，而己酉醫官之罪，不過治法之昧其方而已。何可與今番諸醫比而論之！至於廷楫傳說大內之事，在渠猶屬薄物細故。其可以此了勘罔赦之逆節乎？

臣等忝在近密之列，敢效繳還之義。伏乞聖明更加三思，仍頒初敎，俾得以行天討而謝群情。千萬顒祝。惶恐敢啓。

喉院繳還李廷楫等減律之敎啓〔再啓〕

臣等以一國同聲之討，陳數行繳還之啓，而伏承批旨，未蒙反汗。此莫非臣等誠淺辭拙之致。夜色已闌，煩瀆爲懼，而沫血之忱，不能自抑，又此冒控焉。

噫！一伸公義，旋卽還寢，雖在微眚薄過，猶不免屈法之歸。況此諸醫之窮凶情節，有何一毫顧惜之端，而曲貸當律，苟要收結爲哉？人情之積冤方切，天討之五庸已晚。今於臺啓得請之後，反因勿施之敎，終使巫覡之常刑閟而不行，將何以慰四方之哀憤，立萬世之綱常乎？

　　兹不得不冒萬死，更爲封納。惟殿下之穆然深思，仍初處分。是臣等所拱而俟也。惶恐敢啓。

因喉院繳還事陳勉疏

伏以臣等之相率煩籲歷日而不知止者，誠以一世之公議，決不可終遏。而屢下之聖教，實無以奉承也。乃自昨夜以後，既阻陳啓之路，又無繳還之階，惟待今日筵席，庶幾感回天聽。忱誠未孚，兪音尙靳，而才出閤門，傳旨已復降矣。

　　噫！喉舌之任，責在出納，則從古詞頭之封還，自是昭代之盛事。使臣等之言不概於聖心，罪之斥之，何所不可？而既徹之聯啓初不賜批，下院之中使至命施罰。上下壅閼，事體壞傷，此豈不有累於大聖人優容之德，而臣等亦將何所藉手仍據於惟允之地乎？

　　聚首憂歎，不容終默，更此冒死瀆撓。伏乞亟加三思，快允所請，繼自今益懋恢弘之量，勉做開廣之治。竊不勝區區祈祝之至。

因儒疏侵斥辭右副承旨疏

伏以臣卽伏見生員鄭橚等疏本，以喉院之不捧其疏，怵之以壅蔽, 憂之以世道, 其所爲說, 全不相饒。

夫尊賢尚德, 臣亦豈後於諸儒哉？ 特以文廟配食事體至重, 向來批旨姑靳允兪, 則只合恭俟處分, 不宜屢瀆崇聽。故出納之地, 不得不據例退却。 今此侵斥, 何其太不諒也？

然在臣廉隅, 有難晏然。 茲敢略陳短章, 徑出禁局。伏乞聖明亟治臣不職之罪, 以謝士論, 以靖私義。千萬幸甚。

請寢罪人酌放之命仍辭刑曹參議疏

伏以臣卽伏見各道放未放回啓下者, 安守林、徐宗郁等兩罪人以律名徒年, 混入於蒙放秩, 而又有權一彥等十二罪人特放之命矣。

噫！ 彼諸罪人之干連何如, 辜犯何如？ 情節之凶慝、關係之深緊, 豈可與尋常編配, 并議於肆赦之典？ 而矧今亂本未鋤, 王綱日紊, 懲討之論便成故紙, 憂虞之端不一其形。 此實今日廷臣沫血飮泣, 誓不共戴之時。 凡係寔繁之徒, 正合剗殄無遺, 俾不易種。 則尙今假息憤已切矣, 從以疏釋, 此何事也？

至於朴宗性等三罪人, 右袒德相, 罪著護逆, 前後宥音之乍下旋格, 非一非再。 則莫嚴者隄防, 難遏者公議, 今於成命之下, 亦豈有奉行之理哉？

茲敢略構短疏, 冒貢愚見。 伏乞聖明亟加三思, 特寢權一彥等及朴宗性等放送之命, 安守林等兩罪人, 仍以勿限

年改錄之意, 知委該道, 斷不可已也。昨日各道啓本之覆奏
也, 臣亦赴衙參坐, 則泛忽不察之失, 臣與亞堂別無差殊。
亦願同被重勘, 以爲溺職者之戒焉。

辭戶曹參判[3]疏

伏以臣迹屛周行, 分甘壞蟄, 於焉八載于今矣。中間外邑之
棲遑、專對之冒赴, 非敢以職事自居, 秖緣極天之恩造。欲
語哽咽, 寸艸之血忱隨處激感。苟其朝班以外, 往役所係,
則東西南北, 惟命之從者, 卽爲臣貼額銘腑之一副信符。是
以飄蓋結綬, 光耀已多; 腰金仗節, 寵擢逾隆。以臣情地,
顧何可自同無故, 若固有之? 而處義之大閑旣定, 循俗之

---

3 戶曹參判 : 상소를 올린 시점의 직임을 기준으로 정하는 사직 상소 제목의 常
例에 따르면 '左承旨'가 되어야 함. 이 상소는《승정원일기》1799년(정조23)
11월 20일 조에 '行左承旨徐瀅修'가 올린 상소로 실려 있으며, 뒤의〈辭左尹
疏〉에서 이 상소의 언급 "조정 밖에서 하는 일이라면 동서남북을 막론하고 오
직 명에 따르겠다는 것이 신이 밖으로 표방하고 안으로 가슴에 새겨 온 다짐
입니다.〔苟其朝班以外, 往役所係, 則東西南北, 惟命之從者, 卽爲臣貼額銘腑
之一副信符。〕"를 인용하면서 "작년 겨울 승지에 제수하셨을 때〔於昨冬承宣之
召〕"의 일이라고 함.
　명고는 1799년 7월 8일에 進賀兼謝恩副使로 차출되어 燕京에 다녀온 뒤 11
월 17일에 귀국 보고를 하였는데, 이날 바로 호조 참판에 제수되었다가 이틀
뒤인 19일에 좌승지에 제수됨. 좌승지에 제수된 시점이 호조 참판에 대한 사
직소를 작성하고 미처 올리기 전이었음. 이 때문에 기왕에 작성해 둔 호조 참
판 사직 상소 말미에 좌승지에 대한 사직 의사를 간단히 덧붙여 올렸는데, 이
때문에 이 상소는 호조 참판을 사직하는 내용이 주를 이루고 좌승지를 사직
하는 내용은 말미의 한 문장에 불과하게 됨. 문집을 편찬할 때 내용의 비중을
고려하여 제목을 정했을 가능성도 없지 않으나 상례에 맞지 않음.

例讓猶假，有除輒膺，略不逡巡。傍手之指，知應可掬，而惟我天地父母尚庶幾諒臣苦衷而憐臣危踪矣。

今於半年逖違之餘，獲登文陛，親聆玉音，幼子歸抱，歡喜滿腔，亦天理人情之所不容已。而比還私次，天牌踵其後，召臣以戶曹參判。在臣叩謝之義，曷敢不顛倒祗承，一肅恩命？雖因公格之有碍，不免乍違，而旋蒙"勿拘"之特教，粗伸私分，臣心暴矣，臣願畢矣。至於官職去就，嗚呼！臣復敢議到哉？

臣於年前，承命校閱《大學類義》也。讀至<u>邱濬</u>之言曰"君以子道待其臣，臣不以父道事其君；君以家屬蓄其臣，臣不以家事視其國，非人也"，自不覺諷誦百回，涕淚交零。嗚呼！此忠臣志士千古同情處。臣之平生誓願，惟存此心而已，何必翱翔乎位著，兜攬乎榮祿，而後爲可以報塵刹哉？

夫服不衷，則人猜集；器太滿，則鬼怒至。臣以風波濱死之踪，荷聖朝罔極之恩，得脫於交湊之鋒而活之，以賜餘生之年矣。縱不能吐珠銜環，快效蛇雀之報，又何心馳騁當世，重進一步，不念過福之災，忍負我聖慈生成之至德哉？

嗚呼！明時難逢，主眷至此，畢命驅策，未償萬一，懷安卷縮，豈其樂爲？儻聖明之俯賜哀矜，曲推造化，遞臣見職，許臣處散，則臣當麋身於去留之間，時以格外退臣，終始殫竭於奔奏編校之地。言出肝膈，字字掩抑。

臣於治疏將上之際，又伏奉喉院移授之命荐降，感惶冞切。而區區私義如右所陳，末由趨造，竟犯違逋，瞻天耿結，不知所云。臣無任瀝血祈懇，拱手俟命之至。

辭左尹疏

伏以無狀賤臣至今不死，忍見玄隧之奄扃而虞、卒之遞過，仰惟聖情之哀毁，憂慮倍切。俯念昔日之恩遇，因極何地？嗚呼寃矣！萬事千古，此慟更有否？陪班歸路，重得寒疾，晝焉帖席，夜不交睫者，近旬矣。伏枕絮泣，瞻望雲鄕，祗自恨其木石之頑曾不若識養之犬馬。

乃於此際，忽伏奉京兆除旨。嗚呼！臣旣不能死，則所以追先報今之義，惟在於聞命則趨，隨分陳力而已。況當文母垂簾，聖明繼照，一初仁聞洋溢四方，而三靈之眷顧方隆，萬年之基業永鞏？此正古人所謂"盛德之世，序爵班祿，而不以逮也，君子以爲至羞"之時也。苟逮矣，何官之敢辭，何勞之敢憚？病固難强，而敢緩於詣朝之叩謝乎？

第念臣之區區情地，有不容遽改株守者。臣世受國恩，紳笏塡床，四葉七人接武聯鑣[4]於公孤邇密之班。夫滿盈者，道家所忌；忮克者，人情所同。重以居寵若驚，不市汲引之譽；視國如家，多失朋儕之歡。逐利以分燥濕，覘時而殊向背，間不知幾番狂劫，而畢竟罔極之毒手，至有壬子之憯誣。

于斯時也，妖景自作謀主，賊浚藉賣勢焰，依艸附木，寔繁有徒，膏脣[5]拭舌，無言不造，驅半廷之故家世族，蓋將一網打盡。而以臣家爲先朝之定策元勳，必欲先難而嘗試

---

4 鑣(재갈 표)：저본에는 "鑣(무찌를 오)".《승정원일기》순조 즉위년 11월 18일 상소문에 근거하여 바로잡음.

5 脣(입술 순)：저본에는 "脣(놀랄 진)". 문맥에 따라 바로잡음.

焉。則其彌天之罻羅、交地之機穽，密布暗設，猖猖耽耽。

而臣之兄弟叔姪褎如充耳，　終自陷於黨伐之孤注矣。儻非我先朝默運造化，曲費聖念，奪之於垂涎之口而活之，以賜餘生之命，則臣之一家衆生，卽勿論已，凡我半廷諸臣者，今日尚在地上否？

崔倕之告其君曰：「生人之死，肉人之骨，識者未爲多感。公聽幷觀，伸人之寃；秉德佑善，理人之屈，則普天之人爭爲之死。」嗚呼！我先朝深仁厚澤浹人肌髓，潤色勝策藻被歌頌，何限其事？而至若惻怛之憐、匍匐之救，如保赤子，沒世而不能忘，則此尤其盛也。此恩此德，奚但蒙被者之銘鏤隕結？卽千載之下尙論之士，有不掩卷太息，流涕激感者乎？

然聖朝之全保至此，而臣身之罪戾益彰。臣以齟齬之性，只知信天，不解媚竈，積毀銷骨，巧言鑠金。而惟先朝偏加寵遇，隨處庇覆，不虞之獎詡、匪頒之賚予、踰分之眷注，實多同朝所未及知者。而臣則無絲毫才力爲可以仰答塵刹，俯持先蔭，徒以私門過福之災，每貽中朝援拔之憂。臣端居躬念，畫焉慚傷。

嘗於年前筵席，備陳情私痛迫，不可復廁周行之狀；又於昨冬承宣之召，以朝班以外，往役所係，東西南北，惟命之從，而至於官職去就，不復敢議到之意，略暴其弸中之懇矣。伊後騎曹之違牌、地部之稽謝，俱蒙天鑑之俯燭。而責以編校之役，則黽勉一肅，非爲本職也；繼值崩坼之變，則奔奏數月，難恤私義也。

今於眞遊日邈，控訴無處之後，弁髦所執，靦顏官次，遽忘其筵奏疏暴之金石前言，則臣雖其詬，汙不至此。而他日下從，將何辭自解於欺天負心之罪也？且以目下處義言之，僚寀之間有不可與同周旋者，則見職一步，鐵限在前。

昨值齋日，坐犯違連，今始披瀝腔血，冒瀆崇嚴。伏乞聖慈憐臣悲苦之情，察臣咫尺之守，特許所辭，俾全微諒。則臣當退伏畎畝，頂手祝聖，尚以未盡之日，得爲耕鑿報堯之民。臣無任飲泣籲天，惕息俟命之至。喘息

辭兵曹參判疏

伏以文謨武烈，日月不刊；深仁厚澤，衣被無窮。議出儒賢，詢同僉謀，而世室之祀典誕定，播告之縟儀載擧，聖孝有光，群情少伸。仍念臣恩遞京兆，病淹床玆，山哀浦思，無日不塡臆溢胸。而時取校對之卷，敬繹筆削之旨，則耿光若逾，指授如昨。嗚呼！臣之今日情事，豈但曰君臣父子之慟？卽宋儒黃榦所謂“口誦心惟，圖報塵刹”者，千古冤淚，同此罔極。

不意聖慈記念，荐加收錄，騎曹除命，又隕自天。臣惟可以一肅文陛而退，則前此呈身亦旣數遭，矧當新化之初，陪衛緊任，尤豈敢爲低徊逡巡之計？而第臣區區處義，曾已悉陳。

古人以正衙爲路朝，班聯爲大廷，而於是乎有朝廷之

名。則官官事事者之外, 不與焉。臣於先朝, 旣以糜身去留之際, 殫誠往役之地, 自暴其貼額銘腑之一副信符者, 其所斟量於公義私恩之間, 蓋有說矣。而今忽無所夤緣, 冒膺官事之召, 赴直參班, 遽同無故之人, 言固可以若是無物, 而從前違牌也稽謝也, 得不近於坐邀恩數之歸乎?

且臣向伏見前右尹趙觀鎭疏本, 以臣前疏中"不可同周旋"之語, 摸東撈西, 多費煩舌。夫目翳者, 別見空華; 熱傷者, 旁指幻形。觀鎭病耶? 何其言之太荒唐也? 其疏所謂"分付拔望"云云, 儘有此事, 而當時公議, 初不施行。則屋下空言, 何有於嫌避? "伊後別無相阻"云者, 亦是也。若臣嫌避之由, 觀鎭眞不知之, 則臣不妨略擧梗槪以破其惑。

年前傾陷一隊朝紳之語, 豈不發自爰辭, 形諸文字, 塗人耳目乎? 臣亦其所欲傾陷中一家。則傾陷人之父兄, 而欲其子弟之不以爲嫌, 決是事理常情之外。況其傾陷之語, 雖不露姓名, 自有指目? 蓋不特臣家而已, 姑以今日在朝者言之, 亦有數三世家同歸於傾陷之指目, 而皆當引嫌於彼。則諸家之所皆引嫌者, 臣顧可以異同於其間耶? 今於舊人凋零, 劫灰蒼茫之後, 反欲謾辭詆讕, 恣意操切於自引。世嫌之過去一冷句, 非不豪且健矣, 受之者其肯默然無辨乎?

至其遣辭下語之全不識事體, 臣不欲效尤反爾。而朝著異於市井, 公車嚴於私室, 故曰"自古治朝, 未有以嫚罵爲風者"也。嫚罵猶不可, 又進而涉於詬辱乎? 緣臣疲劣, 使一初清明之朝忽有此投冠張拳之口氣, 莫非臣宜去不去, 被人闖弄之致。

自來素定之去就，未必因此輕重，而觀變玩占，尚敢緩聲哉？昨日荐召之下，冒犯違逋，達宵悚惶，今始略入文字。伏乞聖明亟解臣見帶職名，仍令選部刊去仕籍，俾翹肖之微曲，遂性於陶甄之中。千萬血祝。

因趙觀鎭對疏，辭同義禁疏

伏以今年月正元日，卽我殿下受終文祖之日。而我先朝二十五年盛德至善之光三古而冠百王者，亦於玆焉告終。凡我君臣上下慨廓靡依之慟，安得不愀如復見，倍增孺慕？而我殿下親受燕翼之謨訓，丕承鴻大之曆服，志事之繼述，堂構之塗塈，蓋莫不肇端托始於此日。則此日者，我國家雖舊維新之一大機會也。嗚呼！可不勉哉？

伏念臣情病俱苦，蹤迹危脆，一切朝班，率皆逡巡。而特以受先朝恩與天無極，欲以再造之餘生，殫竭於往役奔奏之地矣。正朝寢享，見差獻官，櫛風衝寒，擔曳往來，今已數日，尚不免伏枕宛轉。從前處義，姑勿論已，目下症形，實無束帶出門之望。

此際伏奉金吾除旨，繼而召牌儼臨。嗚呼！一初淸明之時，得備器使之末，此人心之大願，斯世之至榮。而臣獨多少罣碍，轉動不得，凡有恩命，荐犯瀆撓之罪。有臣如此，生不如死。

至於日前豐寧君趙觀鎭之疏，誠一變怪。最初臣疏中自引之語，毫未嘗拶逼於彼。而無風起浪，極口俚辱。及臣再疏之出，亦不過就其疏之疑難，沒痕隨答以破其惑。而嫌之當否、言之虛實，都置不問，忽然憑藉莫重作爲，把持驅陷之妙策。臣未知彼家事何干於不敢提、不忍言之義，而臣疏中何句何語，可歸之不念忌器乎。

先朝甲寅綸音曰："至精至微之義、莫重莫嚴之事，互作渠曹挾雜之欐權。如許情態，人皆可見，而不如予心之苦痛之切。"臣每讀至此，未始不聲先咽而淚先暗。觀鎭抑何心哉？雖急於禦人，敢以事在一年，而放恣假托，若是無難哉？

且其疏曰："在廷之臣毋敢語及此等事者，二十五年如一日。"其下結之曰："數十年來，直斥家事者，曾不鳴辨，今始闖發，若謂一世之公議不足畏忌者然。"臣看來，毛骨俱竦，心膽欲裂。噫嘻，此何言也！

臣家自丙申以後，名位隆赫，猜疑叢集，大彈小駁不啻屢矣。而事事件件，到底鳴辨。且未見以不敢提、不忍言之說，直斥臣家者，則觀鎭所云云，卽指壬子凶疏而言也。

彼敢以壬子凶疏，謂之公議耶？此爲公議，則壬子之筵敎，不須有無；甲寅之綸音，不必遵奉；今番慈敎之以壬子爲七轉，亦不當傳信耶？彼亦今日臣子，忍敢角勝慈旨，血戰國是，留作浚賊餘孽翻覆之契券乃爾。此豈但臣一家之被誣？其有關於義理之漫漶、世道之憂虞，爲如何也？

而緣臣之不忠不孝，致使"公議"二字，驟發於慈敎頒降之翌日，論臣辜負，萬戮猶輕。茲敢略綴短疏，泣陳於嚴廬之下。伏乞聖慈俯賜矜察，遞臣新授之職，勘臣當被之律，俾臣得免於貽累家國之大罪。不勝血祝。

喉院與諸僚引義徑出疏

伏以臣等卽伏見傳敎下者，有“當該承旨罷職”之命，臣等竊不勝瞿然慚悚之至。當初傳旨之捧入也，臣等與該房取見廟堂忡記、臺閣疏啓，屢回看詳，相議停當。若論誤捧之失，臣等均有其罪。則郵罰獨及於該房，而臣等倖逭焉，顧何敢晏然在職，不思自處之道乎？臣等今方相率進出，乞與同罪，而事關懲討，有不敢以竢勘而遂默不言。

　　樂任之千罪萬惡，已悉於前後臺啓。此實天地之所不容，神人之所共憤，宗社之憂虞方切，義理之晦塞日甚。國之爲國、人之爲人，亶係於此賊之必討乃已。則以我殿下之聖明，何不念及於此？而執法之論，爲日且久，尙靳愈音，豈臣等之所仰望者哉？

　　臣等今於引義之章，餘憂耿耿，敢此附陳。伏願殿下穆然深思，亟允臺請，俾王章快伸，世道底定焉。

喉院與諸僚辭職陳勉疏

伏以臣等之今日去就，誠亦迫且阢矣。欲進則同罪倖免，義在必伸; 欲退則飭敎荐降, 分難終違。 徊徨闕外, 達宵耿耿, 竊不勝其憂愛悶蹙之忱。

噫! 臣等昨日之疏, 雖臨急艸率, 寂寥數行, 顧其言, 則竊自附於明義理、敦廉防。 而未承一字之批, 遽有還給之命, 得不慊於大聖人不以人廢言之盛德? 而至於"違牌, 傳旨勿捧"之敎, 尤恐有乖於《中庸》體群臣之義。臣等若以事關自己, 囁嚅不言, 則其於趨走爲恭之禮, 誠得矣, 豈所以有懷無隱, 上下相孚之道乎?

方當一初之政, 四方拭目, 如復見先王盛際。政宜闡揚義理, 體[6]昔日投遺之志事; 淬礪廉節, 爲一世鼓動其精神。言有可否, 而涵包於淵藪之量; 事無大小, 而從容於繩墨之中, 不使有纖毫過中之擧。而今此處分, 不能無憾於天地之大。

臣等固不足言, 若或因此而啓他日輕士拒諫之漸, 則臣等於是雖萬被誅罰, 尙何贖哉? 玆敢不避煩瀆, 冒死申籲。伏乞聖明亟賜郵罰, 以彰臣等之罪; 繼自今深留聖意, 懋昭新化, 以副臣民蘄嚮之情。千萬顒祝。

---

6 體 : 저본에는 "體⊠". 《承政院日記》純祖 元年 3月 1日 上疏 및 《金陵集·政院自劾 仍陳戒君德箚子》에 근거하여 삭제.

明皋全集

卷四

疏啓

疏啓

辭刑曹參判疏

伏以臣杜門日下，息影朝端，春明之宿夢已冷，風波之餘悸尙怔，自分爲聖世之棄物，而不復數於緌綾之列久矣。春間喉院之除、夏秋周廬之命，仰感收錄之洪私，豈不欲竭蹶趨造？而譬如傷弓之禽破膽於曲木，逸網之獸殞心於垂蔓，屢犯逋慢之誅，未暴叩謝之忱，顧其情，亦悲且憾矣。

今玆秋官新銜，重紆聯翩之恩旨。臣於目下旣無踪地之自阻，數次引遞，抑云處義之一伸。而然且怵惕逡巡，步武不前，若不知君命之不宜虛辱、行止之不容無說者，此其中必有甚不得已者存焉。

嗚呼！臣世荷寵祿，與天無極，四葉六卿，同朝所罕。而惟是命途畸窮，閱歷艱險，手擧足投，動觸駭機，耳語目論，爭相下石。迹其終始，無日不盤旋於羊腸九折之間。則畢竟拔諸坑坎，寘諸袵席，使生死俱全，門戶如舊者，伊誰之賜也？

己亥之不死于國榮、壬子之不死于東浚，寤寐追惟，我先朝華枯肉骨之澤，卽臣家世世子孫所共銜鏤。而若夫再昨年所遭，乃以力陳筵席，感回天心之誠忠，不幸反罹於

背馳此義之兩賊論啓，如墜霧雰，如冒荊棘。闚堂而相詈
者，未必問其情實；仰屋而興嗟者，亦未詳其所以寃。而猗
我慈聖殿下荐降綸音，曲加舒究，首尾屢數百言諄諄，慨惜
乎樹立之掩覆，微疵之吹覓。而至於"設有大此之罪，猶當
十世宥之，使義理不泯"之敎，則詞嚴義正，昭揭訓典，直與
先朝千載竹帛之雲章朝鮮封不動之褒諭，相爲表裡。

嗚呼！人臣而得此於君上，刀鋸鼎鑊，尙且甘心。況於
入地之後，厚沾自天之渥，獎借偏隆，昭釋備至。此其所以
誇耀於九京、激感於百代者，奚但一人一家之榮遇云乎哉？
嗚呼！物無答施於天地，子無謝生於父母。此恩此德，爲後
人者，亦曷由報塞萬一？只有父子兄弟齊發誓願，念念頌
祝，人人隕結而已。

臣自受恩以來，每食三歎，頻夕屢興，心口相謀，未知
死所。苟可以筋力奔走，粗效於驅策之末，夷險燥濕，顧何
敢擇？而奈其年及衰謝，病又纏綿，短精弊盡於包桑，晚計
戀切於豐艸？雖以聖朝再造之身，未忍便訣，遽迫田野，而
名利之關、得失之場，思之齒酸，言之骨寒。

臣嘗愛古人之言曰："世態物情，落小便宜，輒有說話，
不如喫虧者之稱寃道屈，煞有餘地。"臣今濱死阽危，懂而
獲免，一門頂踵，都歸造化矣。夫福不可以屢徼，倖不可以
常覬。縱聖明猶欲薰沐而陶甄之，臣復何心脂轄債乘，間關
畏途，罔恤末梢之狼狽，忍負全保之德意哉？

召牌之下，披瀝衷懇，冒瀆宸嚴，冀垂矜察。伏願聖慈
特準臣所辭，仍許臣屛退，俾臣得以優遊太平，勉卒餘景。

千萬血祝。

喉院請鄭昌順停啓勿施啓

臣於昨夜伏見承宣、玉堂之箚疏批旨，雍容開導，辭意溫諄。不特當之者之莊誦感激，凡承聆於朝紙者，孰不聳歎？第臣於此竊有區區愚見，不敢自隱。

次對入侍，臣旣未登筵席，則上下酬酢之間，其轉折歸宿之如何，末由詳悉。而以得於入侍諸臣者揣之，儒臣則爭難，聖意則靳持，終以"勿煩，就座"爲敎，而批答則仍無承書讀奏者矣。

記昔臣之在堂后也，適値次對。故領相鄭存謙有五條敷陳之說，而皆以"好矣"爲敎而已。故臣不得承書讀奏而退，但以大臣所送劄記，謄載《日記》。伊後筵中，先朝俯詢此事，敎曰："大臣豈昧故事而不使之出擧條耶？擧條亦何格之有？古則注書只取承旨所書，出次對條目；就其艸冊中，抄錄筵說，頒諸朝紙。凡今之必待批旨承書，簡通受來，然後始謂之擧條者，近例也。"臣尙今追惟，怳如昨日。今此儒臣之所執者，故事也；承宣之所據者，院規也。則各有所見，曰可曰否，儘亦治朝吁咈之美風。

而惟是儒臣所論停啓事，大有關於義理隄防。方當邦休荐臻，霈澤旁流，懇惻慈敎實出於解網幷生之大德深仁。則爲三司者孰敢不奔走將順，對揚萬一乎？

然而對揚之道亦須有稱量。如柳惚基狐鼠之輩，且置勿論。噫！彼鄭昌順戕害善類，網打半廷之眞贓鐵案，罄竹難書。而最其四字凶言之密囑浚賊，壽張流入，以爲操切脅持之欛柄者，事係聖誣，罪實通天。故年前慈教，以壬子爲七轉，而綸音中亦有及此義者也。此啓之拈出先停，未知何所稱量。而儒臣之長慮却顧，造言退慸，欲扶將晦之義理、將泯之隄防者，其心誠苦，而庶可謂不負論思之責矣。

伏乞更加三思，仰禀慈殿，特從儒臣停啓勿施之請，以光轉圜之量，以嚴懲討之義。臣不勝憂愛祈祝之至。

上曰：若如卿言，則"好矣"二字亦是批答，豈如今番此事乎？當時聖教必有所以矣。停啓事，不必更提矣。

喉院請推大司成啓

臣以今日成均館艸記事，有可仰達者。古人之論人主命令曰："意諭色授，而六服震動；言傳號渙，而萬里奔走。"命令之嚴且重也，蓋如是矣。

去月二十八日慈教中，有"儒生則令政院使泮長查實充軍"之命。故本院卽爲知委於成均館及刑曹，而翌日成均館現告艸記批下後，亦卽分付於刑曹矣。及夫自刑曹按名跟跡，四處搜覓，而一人外竟無形影，則卽此現告之虛實眞假，姑勿論，朝廷命令之下，今且五日，尚不擧行者，其於震動奔走之義，果何如也？

至於今日草記，則以"下隷李福三爲名者，移送秋曹"之意爲辭。夫下隷捉送，自本館一紙移文足矣，何可煩浼於奏御文字乎？朝體之屑越、紀綱之壞損，無復餘地。雖未知其間委折之如何，而當該大司成，終不可無警，從重推考何如？

上曰：依爲之。

因玉堂元在明疏，辭都承旨疏

伏以臣等卽伏聞"昨日坐直承旨因玉堂元在明疏，今方徑出。而堂疏所論則以蚍通儒生之自王府擧行，謂非法意，斥喉院之不卽覆難於命下之初，至有當該承宣譴責之請"云矣。

夫喉院故事，分掌雖各有該房，而停當亦必待僉議。則頒布之時不爲執奏，苟曰有罪，臣等與該房一也。

但金吾、秋曹之分治，特問干犯之輕重、關係之大小而已。鞫獄外，儒名之自王府擧行，未必全無是例。則今此怵之以關和，憂之以後弊者，毋或近於魏其之所獨藏而非尙書所有也乎？

然論思之言，貴在矯厲；相規之來，不須較絜。況該房竣勘，兩僚引義，臣等去就豈有異同？茲敢聯陳短章，乞被威罰。惟聖明之早賜處分，俾爲溺職者之戒，臣等所拱而竢也。臣等無任惶蹙自訟，冒瀆危懇之至。

因元在明對疏辭職疏

伏以臣等卽伏見應敎元在明疏本，　以臣等日前自引之疏，過疑浪激，多費煩舌，勉之以“樞機”，譏之以“妄發”，何其不相諒也？臣等疏語播在耳目。蓋以堂疏中“關石和均，將實何地”之句，遣辭命意不啻深緊，故臣等亦不得不冒入文字，略暴事實。

而儒名之非設鞫而囚推於金吾者，故事卽勿論，且以百餘年間近例言之，凡係構誣廷紳者、用情科場者，無不自下陳請，得旨擧行，而幷未聞有喉院之爭難。

則以儒臣之聰明强記，似無不知之理，苟知之而有心督過，尤豈臣等之所可堪也耶？於是乎或慮儒臣之自有所據，斷章取義，信筆書之。其曰“怵憂”、其曰“獨藏”，卽前輩茶飯拈用於章奏間者，而亦非臣等之所創引也。此果何有於駭惑？而過去冷話，看得太深，“有爲無心，其然豈然”，可謂淺之乎知臣等也。

聖批溫諄，曲察物情，“豈有深意”之敎，雖使臣等自爲之辭，蔑以復加，臣等固不當更與之較絜。而惟是迹忝近密，厚被人責，數日之中，說往說來，揆以朝體廉防，斯可以知所處矣。玆敢不避煩瀆，申控危懇。伏乞聖慈亟治臣等債事妄言之罪，以快人心，以靖私義，不勝幸甚。

因僚嫌，陳病辭職疏

伏以臣崦嵫景迫，鍾漏智短，凋謝之形，摧頹之志，無望陳力於當世。而祗緣受先朝恩與天無極，欲以再造之餘生，自效其追先報今之義者，炳然寸忱，寤寐如結。是以恭命趨造，隨分殫竭，夙夜劇地，四朔奔奏。則竿頭之步，移上不得；引滿之弓，分外難開。數日以來，積聚寒感，交祟并發，而居然作牀玆之身矣。

此際僚案之間，抑有難安之端。臣迹雖不及院，臣情已蒙見諒，旣入旋出，似亦爲臣而處義。則私心惡蹙，卽勿論已，在朝廷敦禮讓勵廉恥之道，獨可使臣靦顏苟蹲於僚員引去之後哉？方當聖志奮發，庶政躬親，平臺煖閣，晉接頻繁，經筵午朝，顧問勤摯，喉舌之長，尤不容任他虛糜。玆敢冒入文字，顒俟體諒。伏乞聖慈特遞臣見帶職名，俾不至瘝厥官而益厥辜，區區之幸也。臣無任屛營祈懇之至。

因試牌陳病，仍論試望疏

伏以臣病未赴院，惶恐俟譴之中，忽入試望，召牌荐降。使臣之病苟可以堪當試役，本職事務，尤豈不緊重，而以從前行公之人，息偃其家，任他瘝曠耶？昨夕奉命之行，侵夜觸冒，歸卽渾身寒縮，神精迷眢，竟不免散遣徒隸，煞費調治。夫喉司則告病，試事則强赴，固萬萬無此理。

而抑臣於近來承宣之幷擬試望事，常有所訝惑者。夫近君之職，在銓格不許他注者，非爲其人也，設法之意，故有存焉。職莫重於三司，而必須啓請而乃擬，至如該曹佐貳，幷不得擧論，則幾百年流來成憲，不亦較若畫一耶？

年前偶因試望乏人，有一二番幷擬之特敎，而今則便成近例，殆同常典，雖無自上特敎，自下仰請，無科而無之。如此則奚特試官？可以差祭，可以監巡，可以移擬於閑司漫僚，而喉院之席，將日不暇煖矣。方當一初之政，整頓官常，實爲當務之急。

臣旣有此區區賤見，則藉令初無疾病，非其招之招，所不敢往。伏乞聖明俯垂諒察，亟改臣試望，仍令該曹非特敎則勿復循襲啓請，而若臣屢瀆煩瀆之罪，申命攸司重加勘處，不勝幸甚。

陳病辭職，兼陳所懷疏

伏以淸廟親祼，殷禮肇稱；法蹕穩旋，聖體彌康，慶忭之誠，朝野攸均。臣以此時適忝近密，獲覩穆穆之盛儀、雝雝之敉文，愀如復見，與有榮焉。

陪扈歸來，疾作徑退，歷日信宿，宛轉牀席。蓋其衰年積瘁，宜病久矣，而今果病矣。病而虛縻，妨公而瘝事，則爲罪滋大，爲負滋甚。況此臨殿試士，卽籲俊造髦之一大朝集，豈容使銀臺長席不備其人乎？召牌之下，冒入文字，惟聖慈之俯諒亟遞, 俾得以安意調息, 臣之願也。

臣於日昨齋直之夜, 更漏向闌, 而玉堂聯箚至矣。夫堂箚之體, 綦重於相箚, 到院之後, 雖値齋日, 劃卽入稟, 旣入而批不卽下, 則雖至侵曉, 不憚煩稟, 例也。

臣於是與諸僚相議, 一遵古例, 稟入稟批, 而稟批之時, 四鼓又蓼蓼矣。及夫翌朝, 有司告嚴, 鹵簿方陳, 而以姑不得賜批之意, 下敎于政院。則雖臣之愚, 亦知出於愼齋恣祀之聖衷, 而非忽於禮待儒臣也。果然朱絃之餘音遶池, 白麻之溫諭巡降, 濟濟學士, 恭聽於起居之班, 禮庶無闕, 事屬旣往。

然臣憂愛之忱, 至今耿耿, 有不敢終默者。《詩》所云"奏假無言, 時靡有爭"者, 乃指行事之時, 而非謂致齋之日也。且以我朝近事言之, 昔在英廟朝, 憫旱祈雨, 將有事于太室, 而先臣以副提學上箚, 論典禮之不當然。則雖不允從, 卽賜十數行溫批, 君臣之間, 援據辨難, 有若師弟子之反覆講磨者然。臣於伊時朦無知識, 而每一追惟, 怳如虞廷吁咈之氣像。以此觀之, 齋日之不得賜批, 恐非故事, 而不免爲過於禮之禮也歟。

或以箚中所陳之言, 涉於刑殺, 有乖誓戒之本意, 則以下敎於政院者, 賜批於玉堂, 告之以過齋詳諭, 亦無不可。臣之所惜者, 箚槪之頒於朝紙, 比及三日, 而批旨始下。則中間之多少曲折, 未必諦悉, 堂箚之許久無答, 轉相疑訝。或謂有歉於止輦受言之量, 而訑訑之色, 拒人於千里之外。此其虧損於聖德, 貽累於治體, 爲如何哉?

伏望殿下繼自今勿論章箚奏啓, 　無往不朝入而夕報, 以繼述我孝廟朝纔徹旋答, 若相待然之盛事。 則可使嘉言罔伏, 太平立致。 古人所謂"輟沐吐哺, 海納風行"者, 臣敢爲聖主誦焉。 臣無任激切祈祝之至。

喉院請討洪在敏, 仍辭職名疏

伏以臣病未赴院, 罪大擅便, 雖於宛轉呻囈之中, 日以瘝事曠職爲懼。 昨伏聞大臣、兩司以洪在敏疏, 登筵聲討云。 筵席語秘, 雖不得其詳, 而晚始得見其疏本之還下者, 則臣病枕蹶起, 滿心駭惋, 不料世道之危險一至於此也。

夫情莫憯於樂禍, 而去就以矯拂者尤憯; 言莫憯[1]於誣世, 而憑藉以構陷者尤憯[2], 臣未知年少新進之存中形外者何太不祥乃爾。 況在敏迹忝邇列, 目親時事, 與夫委巷下里道聽塗說者有異?

則渠誠謂今之廷臣其於闡慈德揚慈徽, 有一毫不盡分之心耶? 廷臣無狀, 縱不能盡其分; 以我聖上出天之孝思、歸美之至誠, 其可任廷臣之不盡分, 而使君綱臣分如渠所謂無所藉手, 而不之恤耶?

且以一二事言之, 諸臺之散配、通儒之處分, 嚴正磊

1　憯:《승정원일기》에는 "憯".
2　憯:《승정원일기》에는 "憯".

落，遠近咸覩，而亦莫不稟決慈旨，推明慈衷。則苟無載禍
餂人之機心者，瞻聆所及，孰不油然激感，頌慈仁而仰聖孝
哉？

至於其疏中一句語，欲驅廷臣於罔測之科，而不復顧
其上逼不敢言之地。此而不卽懲討，一在敏何足言？大義
之將致斁晦、王綱之將致陵夷，豈云細故哉？古人之言曰：
"干法而無罪，法必廢；廢法以徇下，下必凌。"臣固知大聖
人山藪之量，無物不包，無垢不含，而情迹已露之後，亦不
可久鬱輿憤。伏乞更加三思，特允洪在敏設鞫嚴問之請焉。

臣於諸承宣引遞事，亦有不自安者。臣之不爲仕進，今
已多日，在敏之陳疏到院也，臣未嘗在院。則其不能措辭捧
入，固非臣之所知。而身爲一院之長，誠使院中上下日稽掌
故，諳習舊章，先事而豫講，臨機而取資，則此等易曉之恒
例，豈至於忙後錯了？靜言厥咎，莫非臣平日不飭之失，尙
敢自幸其獨逭，靦顏仍蹲於尙書首席哉？病旣難强，情亦
難進，速賜重勘，以爲不職者之戒，臣之願也。臣無任瞻天
望聖激切祈懇之至。

喉院請寢陳啓承旨遞差之命疏

伏以臣愧甚獨逭，義在必遞，積逋召命，恭俟嚴譴。此際伏
見本院啓辭批旨下者，有陳啓承旨遞差之命矣。臣雖不以
見職自居，亦旣一日虛縻，則區區忠愛之誠，豈敢囁嚅於治

朝達聰之下乎？

夫牽裾者疑於力抗，焚詔者近於不恭，而當時襃爲直
節，後世傳爲美談，何也？莫尊於人主，而能犯其顏；莫嚴
於命令，而能泥其出。則豈不以事理之當然，卽天理之所
在，而天且不違，而況於人也乎？故事有不可，俾勿以還詔
爲憚者，唐宗所以興隆也；抗論不避，特賜象笏以示眷者，
宋帝所以宥密也。況我朝家法，優容寬假，凡有繳還封駁之
擧，未嘗輕加摧折？則臣未知今日處分，雖云遞差薄罰，亦
豈一初敷納之政所宜有者乎？

至於所下傳敎，旣不頒布，臣不敢提陳，而且以院啓中
所言者觀之，設禁以塞言路，揭罪以待大臣，此其累聖德而
傷治體，爲如何哉？耿耿愚忱，不能自抑，略綴短牘，竊附
匡救之義。伏乞聖明更加三思，承旨遞差之命，劃卽反汗，
昨日所下傳敎，亟令還入，以光轉圜之量，以招明張之論，
臣不勝爲聖朝祝焉。

臣之去就，誠亦迫且阨矣。當日在院之兩僚，卽勿論
已；雖其不在院者，無不聯章自引，竟蒙一伸。而臣以一院
之長，陳疏而未遞，違召而未遞，曠引時日，徒積逋慢，廉
隅之放倒，朝綱之壞損，無復餘地。惟願速賜勘處，俾不至
重益厥辜，千萬懇禱。

喉院請寢李晦祥酌處之命啓

臣等卽伏見傳敎下者，有鞫廳罪人李晦祥依前酌處，减死安置之命。臣等竊以爲不然也。噫！彼晦祥參涉凶疏，主張停啓之狀，雜出諸招，俱有眞贓，則晦祥者卽一此獄之肯綮也。數次平問，輕先酌處，已是失刑之大者。

而及夫發配之際，謂"有吐實之言"，以至大臣請對，更爲設鞫，則凶窩逆窟指喉醞釀之情節，庶乎其徹底窮覈，快洩輿憤矣。乃其供招一反前告，游辭以粧撰，舞姦以鉤引，閃弄禍心，疑眩獄情，而畢竟以"亂言誣招"自服。究厥腸肚，此專出於侮蔑朝廷，撓撼世道之自來伎倆。

如渠負犯，生出獄門，天地好生之德意，何等曠絶？則渠誠有一分人心，尙忍罔悛舊習，愈肆凶圖至此哉？ 況反坐自有當律，誣招須詰隱情，尤豈容任渠吞吐，遽議酌決也？

臣等職忝惟允，不敢終默，相率聯籲，冀寢成命。惟聖明之更加三思，亟令王府嚴訊得情，以重獄體，以伸王章，是臣等區區之祝也。惶恐敢啓。

喉院與諸僚請允金吾艸記疏

伏以臣等卽伏見金吾艸記批旨下者，裕賊孥籍，有依丙申九月例擧行之命矣。 臣等詳考本院《日記》、《禁府謄錄》，則英廟朝受教中"追施逆律者，其父與子，勿施一律，依兄弟應坐律舉行"者，比諸本律，已是減一等，而與乙亥所施於耆、輝者異矣。此是丙申四月，遵受教禁令，施之於尙魯者，而今番大臣所請亦援此例。

至於丙申九月，則雖有"身已死而追施孥籍者幷除之"之命，而此指身故久遠之後，追舉孥籍之類也。如裕賊之劇逆大憝，情節畢露，凶臟狼藉，而緣渠抵賴，未及正刑，則獄纏究竟，律卽按行者，此與年久追施本自不同。況不加孥戮，而一依兄弟應坐律施行，乃所以遵受教也？

今此"九月例舉行"之教，大非所以嚴義理懼亂賊之道，而亦何以粗伸王章，少洩輿憤哉？臣等職忝惟允，敢貢愚見。伏乞聖明更加三思，亟從金吾艸記，俾以丙申四月例舉行，不勝顒祝。

辭備局堂上疏

伏以臣豗落之質、樗散之才，幸際太平，滾到列卿，立朝數十年來，閱歷於風波間關之塗。而黃粱之宿夢已懶，朝槿之殘華欲悴，凡世之夷險成虧、好醜稱譏，一切不入于心久矣。

特以受兩朝恩海闊天高，身名之苟全，門戶之不墜，尺寸皆歸造化，蒙被悉逾涯分。則浮沈位著，奔奏筋力，以少效其犬馬戀結之微誠，而古人所謂"處不競之地，乘獨後之車"者, 庶爲臣餘生寡過之一要符。

迺者忽伏奉籌司新命, 是任也, 機務之所委重, 而訏謨之所自出也。政理之臧否、民事之利病、條敎章程之得失, 莫不於斯乎維繫。則雖曰仰成於大僚, 專管於有司, 至其詢謀而參聞之者, 諸堂與有責焉。自古遴選之嚴, 何如其難愼, 而臣可濫竽於人望之外哉? 況今官常國紀弊竇日甚, 衆恬群嬉習俗轉痼? 雖得治棼搘漏之材具, 亦未易矯拯萬一, 則尤豈可不量人器, 苟然備充哉?

臣誠至愚, 自知則明。嘗讀經世大典如杜、鄭、馬、邱之書, 每念"禮樂兵農, 一朝驟以相屬, 自信何者足以堪勝"而芒乎若越人之章甫、魯儒之煙霧, 擧而措之, 尙矣勿論, 雖其彌縫布置之擬議空言, 往往莫尋其端倪矣。

以此本領, 冒據匪據, 畢竟不免於僨誤國事。此奚但臣一人之狼狽? 抑恐有累於簡畀之政非細。毋寧守其本分, 委運任眞, 知生老聖世, 優游於道德光華之下, 爲不可以自棄而已?

且臣本職之瘝曠, 亦云久矣。病因積憊, 戒切妨賢, 一遞之願, 銘在心腑。而僚席多故, 房務皆攝, 種種苟艱, 實關朝體。夙夜出納之任, 豈臣浹旬養疴之所乎? 惶悶之忱、愧汗之私, 不耐交劇, 敢此煩瀆。伏乞聖慈俯垂體諒, 亟改臣備堂兼管, 仍治臣偃便積愆, 以重公器, 以肅朝綱, 千萬顒祝。

喉院與諸僚聯名引義疏

伏以臣等昨伏聞諸玉堂以不捧其疏，侵斥政院，在院兩僚，引義徑出云。臣等於此亦不勝瞿然。當初堂疏之到院也，臣等同在院中，與諸僚取見其疏，則乃是自引其情勢，而無他言事之附陳者也。臣等相議停當後，還給其疏，曰："今日卽冬享大祭齋戒，而凡齋日之言事外不得捧疏，戒令之所流來也，一世之所共曉也，不得已退却"云矣。

今此慨然之斥，可謂太不相諒。而兩僚已先徑出，則臣等處義，豈有異同乎？臣瀅修，藥院監煎，末由進身；臣宗善，監祭竣事，不得復命，非不知萬萬惶悚。而四維所關，一暴爲急，茲敢聯陳短章，冒瀆崇聽。伏乞聖明亟勘臣等不職之罪，以謝物議，以安微分，千萬幸甚。

喉院因雷異陳勉啓

伏以是月也，收藏之節，而風雨驟作，轟爗告異，仁愛之天有若耳提而面命者，豈無人事之所召而然歟？人君所以一念祗畏昭事對越之方，固不待咎徵之徵予。而古人所謂"因災而招祥，緣咎而致慶"者，正指恐懼修省之一大機會。則丙枕惕若之中，求所以轉移而消弭之者，宜無所不用其極。

且以今日之最切要者言之，君德成就專在於講學，而邇英之晉接或疏，經卷之自止太簡，臨筵發難，未聞啓沃之

效, 傍案列侍, 徒招應文之譏, 則不可謂講學之得其要也;
治道修明專在於憂勤, 而常參朝啓每歸於例停, 賓對延訪
或淹於期會, 機務率多留滯, 朝象馴致恬嬉, 則不可謂憂勤
之得其要也; 政令振刷專在於奮發, 而淵靜之象常過於風
動, 海涵之量偏勝於震肅, 命令從以玩屑, 紀綱日就陵夷,
則不可謂奮發之得其要也。 其他民生之窳弊、風俗之渝
惰、世道之窪下, 可言者不啻一二數, 而其要則要之不越
此三端。

此誠群下不能對揚之罪, 而當此遇災警勵之時, 區區
憂愛之忱, 安得不深有望於表端影直之地乎? 惟聖明克軫
漢臣王嘉"應天以實"之言, 先就其所切要者, 本之以實心實
德, 推之以實政實事, 以答仁愛之誠告焉。臣等議啓將上之
際, 伏見備忘下者, 悚惕之聖衷溢於辭表, 至有減膳三日之
敎。臣等聚首莊誦, 不勝激感之至。言之非艱, 行之惟艱,
更願聖明之懋哉懋哉, 惶恐敢啓。

喉院請允洪在敏設鞫, 仍辭職名疏

伏以臣昨登前[3]席, 伏見大僚以洪在敏設鞫事, 終始力請,
而臣與諸僚繼[4]陳必討之義。及夫大僚先出, 命讀公事, 則

---

3 前:《승정원일기》순조 4년 10월 26일 조에는 "筵". 여기에 언급된 일이《승
정원일기》순조 4년 10월 25일 경연 기사에 나와 있으므로 "筵"이 의미가 더
분명하나, "前"도 의미가 통함.

批判如流, 承書不暇, 竟未得間而退矣。歸伏私次, 達宵繞
壁, 竊不勝憂懣之忱。

噫嘻! 在敏悖[5]疏之出, 今且幾月, 而菫[6]以文法例勘,
仍囚西間。箚啓之懲討, 便作紙上之空言; 朝野之痛疾, 但
爲屋下[7]之私憤, 今日朝著沐浴之大義, 可謂掃地盡矣。

況此囚[8]之情犯何如, 關係何如? 以網打之禍心, 售構
陷之憯謀, 以至於侵逼至尊, 矯誣聖躬。則其指天畫地, 綢
繆排布之隱情, 若不卽加嚴覈, 快正典刑, 王章之久屈, 天
討之尙稽。其爲傷國法而壞獄體, 卽勿論已, 爲人臣而見無
禮於其君者, 乃反玩愒時日, 隨逐隊行, 則[9]臣等何辭自解
於《春秋》不反[10]討之罪乎? 先儒論刑獄之弊曰:"夫旣察情
而得情, 則何可當斷而不斷?"此實爲此事準備語, 敢爲明
主誦之。伏願亟從在敏設鞫之請, 俾有以伸王法而洩輿憤
焉。

臣以病以齒, 周歲强策於夙夜奔奏之役, 諒非始慮所

---

4 繼:《승정원일기》 순조 4년 10월 26일 조에는 "聯".《승정원일기》 순조 4년
10월 25일 경연 기사에 "澄修等齊奏〔서형수 등이 일제히 아뢰기를〕"이라고 되
어 있어 "聯"이 의미가 더 잘 통하나, "繼"도 의미가 통함.

5 悖:《승정원일기》 순조 4년 10월 26일 조에는 "凶". 저본의 표현은 洪在敏에
대한 공격적 어감을 한층 줄이는 방향으로 윤색된 것임.

6 菫: 위 자료에는 "僅".

7 下: 위 자료에는 "中".

8 囚: 위 자료에는 "賊". 저본의 표현은 洪在敏에 대한 공격적 어감을 한층 줄
이는 방향으로 윤색된 것임.

9 爲人臣而見無禮於其君者……則: 위 자료에는 "爲臣子而目見君父之讐 乃反玩
愒時日 隨逐隊行者". 위 자료의 "君父之讐"가 저본에 "無禮於其君者"로 바뀐
것은 洪在敏에 대한 공격적 어감을 한층 줄이는 방향으로 윤색된 것임.

10 反: 의미가 통하지 않으므로 위 자료에 근거하여 삭제해야 함.

及。特以愛戴之誠，不覺秉彝之激切；知遇之感，怳如昔日之叮陪，罔恤顛躓，抵死趨赴。嗚呼！臣之心豈專出於貪戀，而可已而不已哉？第念朝廷官職雖或乏人，無獨任偏委之理，而見今前望、曾經之在京無故者，只有臣一人。則揆以古人辭爵讓能之體，臣不容一向苟蹲。故向於陳懇之疏，亦嘗有"戒切妨賢"之語矣。伊後因循，遂不敢復言，自顧懍汗，何嘗一日而忘一遞哉？

今因奏牘之便，冒控肝膈之私。惟聖慈之曲賜體諒，特許卸解。則其於朝體官方，亦庶無苟艱之嘆。臣無任忘僭祈懇之至。

乞改本職，俾塡享官疏

伏以臣於伏枕委頓之中，伏見祭帖來者，以臣塡差於永陵兩忌辰獻官矣。臣於昨冬，以知申爲此享役，已知有年前定式，則此實知申之所應差而有不敢辭者。豈敢不聞命宿戒，趁期受香？

而第臣衰年供劇今且半載，積憊所祟，筋力如綿。而忽於日前，偶有食傷，積聚內攻，寒感外添。多試疏導之劑，尚無開利之效，見方按摩煩悶，不能帖席。以此症形，實無束帶出門之望。故藥院之召，不免坐違；起居之班，亦且闕參。則其萬分難强之情實，想蒙天日之俯燭。

而況此晨夜祇事，升降奉審，尤非臣目下光景之所可論。茲不得不略構短疏，冒瀆疾痛之呼。伏乞聖慈亟遞臣知申之任，回授無故之人，俾得如例填差，毋致臨時僨誤，公私不勝幸甚。

辭吏曹參判疏

伏以臣猥控病狀，獲遞知申，仰感體諒之恩，俯訟息僨之罪。曾不踰日，伏奉副貳銓衡之命。臣於是驚懍震迫，直欲循墙而不可得也。

夫我朝命官，最慎吏部，門戶以經之，才識以緯之，未必皆山濤之清裁，毛玠之倫鑒，而要之多一代之選、萬夫之望耳。是以進退人物，而不以爲泰；輕重權度，而待以爲政。長席卽勿論，凡在參佐之列者，亦且通擬則與聞，獨政則持衡。苟非其人，所以累治體而乖物情，有非尋常職事之比也。

若臣者，特通侻迂疏之一癡人，智昏於名利之關，器局於拙滯之規。雖其世典銓籍，眼慣例簿，而四選格法，反同聾瞽；九流品藻，茫如煙海。方當一初清明，首重用舍，敷求老成，委毗以甄別之責，而末路苦岐，物色易猜，題目之出，指點隨起。則此其夾贊引翼，用副我聖朝平允之托，事至艱也，任至鉅也。以臣之愚，尚可毫分稱塞於其間哉？

況臣磷淄塵鞅，玄髮變衰；閱歷風波，壯心潰裂？回顧睢盱之場，自不覺齒寒而體粟。秪緣特達之殊遇，死且難負, 昵覲之微誠, 炳然如丹, 欲以昔年再造之餘生, 竭力自效於追先報今之義而已。 至如鼓策朽鈍, 馳騁榮塗, 非惟志[11]願之所不及, 抑亦戒懼之所常存, 臣豈敢夸辭飾讓於推心置腹之下乎?

屢連嚴召, 久切兢惶, 而間值齋日, 今始呼籲。伏乞聖慈察臣衷懇, 將臣新授職名, 亟行刊改, 毋玷掄簡, 毋駭瞻聆, 區區血祝。

喉院引義徑出疏

伏以臣見差享官, 清齋朝房之際, 伏奉知申除命, 隨牌入闕, 詣閤求對, 連承退去之嚴教。屢煩深夜之酬應, 强聒之罪, 自知難逭。而處分匪常, 反汗爲急, 分義之惶悚, 亦未敢[12]暇顧矣。

及夫八次求對啓辭之讀傳也, 司謁謂有難捧之故, 多少責諭, 終不受入, 則此實前所未聞之事。而身爲承宣, 旣未借方寸之地, 又并阻控籲之路, 尙何顏面, 仍蹲於惟允之地乎? 滿心懣惶, 無地自容, 玆不得不忙投短章, 徑出禁局。臣罪至此, 尤無所逃, 惟願遄被嚴誅, 以肅朝綱焉。

抑臣未敢知, 今此啓辭之不捧, 果因下敎, 則此何等過

---

11 志:《승정원일기》순조 4년 11월 17일 조에는 "至".

12 敢:《승정원일기》순조 4년 11월 19일 조에는 없음.

中之擧耶？從前喉舌之臣雖反復爭難，百回陳啓，未聞司謁之中間阻擋[13]矣。臣於年前以承旨[14]，亦嘗繳還傳旨，以至捧入中官之施罰，而前席陳勉，退院聯疏，竟蒙得體之恩敎。及今追思，怳如昨日。

中官尙不敢不受院啓，況以司謁而其可不受承旨之請對啓辭乎？事屬出納，關係非細。設有下敎，渠寧以此日被方命之誅？此路一開，其爲傷國體而貽後弊，當復如何？[15]當該司謁，令攸司從重科治，以存院規，有不可已也。臣無任慄息俟勘之至。

喉院請寢趙貞喆、李度謙移放之命啓

臣等卽伏見傳敎下者，有羅州牧量移罪人趙貞喆量移，求禮縣量移罪人李度謙放送之命。臣等相顧愕貽[16]，竊不勝抑塞之至。

噫！彼貞喆以凶逆之婿，名在鞫案，關係至重。則陸地貸命，已切輿憤，量移減典，何可議到？至若度謙，以賊瑍之親姪，得免爲奴，雖緣出繼，仍以疏釋，大關隄防。今此

---

13 擋：위 자료에는 "搪".

14 旨：위 자료에는 "宣".

15 渠寧以此日被方命之誅……當復如何：위 자료에는 "渠寧以此被罪，而決不當阻格院啓也決矣."

16 貽：문맥과 일반적인 용례상 "胎"가 되어야 함. 字形이 비슷하여 발생한 오류.

處分, 固知出於遇慶曠蕩之盛意, 而王章難撓, 大義至嚴。
成命之下, 相率聯籲, 惟聖明之更加三思, 亟賜反汗焉。

　　臣等於諸臺幷遞之命, 亦有所憂慨者。言責者, 朝廷之
所不可一日無者。而每當有事之時, 兩司諸臣, 輒皆特遞,
臺廳一空, 爭難無人, 此豈大聖人虛襟來諫之道乎？ 有司
執藝,[17] 言官投匭, 自是治世之美事。 苟其所言有咈淵衷,
則上下相難, 務歸至當, 何所不可？ 而臣等死罪, 竊恐不知
聖意者或疑其先防言路, 　則此豈一初淸明之政所宜有哉？
亦願還寢前旨, 以光聖德焉。 惶恐敢啓。

辭兵曹參判疏

伏以臣因病在告, 蒙恩解官, 仰感體諒之眷, 幸遂調治之願。
曾不踰日, 又伏奉騎省除旨, 在臣叩謝之忱, 豈不欲聞命竭
蹶, 待曉祗肅？ 而第臣與本曹判書韓晚裕, 有世所共知之
嫌, 僚寀周旋, 非所可論。見今內省宿曆, 排次甚艱, 一日虛
糜, 妨公實多。伏乞聖明亟賜遞改, 俾宿衛無曠, 私義自靖,
千萬至禱。

17　有司執藝：《승정원일기》순조 5년 3월 24일 조에는 이 구 앞에 "王言之出" 4
자가 더 있음.

辭京畿監司疏

伏以親勞玉趾，躬薦原寢朔朝令節，次第蕆事，聖孝有光，群情胥悅。伏念臣迂闊之性、朽鈍之質，半生浮沈於風波間關之塗，而偏荷我先朝特達之知。天地之造、父母之慈，靜言追惟，聲先咽而淚先暗。

及夫數年以來，依近日月，薰沐雨露，堂陛之歡洽于《卷阿》，塵刹之報誓同寸艸，則此又臣千載一遇之曠期。而歷數前後之蒙被，臣何修而得之於兩聖朝也？每三晝筵退，犬馬之戀，自不覺睠顧躑躅。雖其齒衰病痼，萬難自力於夙夜[18]驅策之地，而聞命輒赴，隨處殫竭者，臣雖無狀，豈專出於貪係寵祿，規取嚼蠟之晚榮哉？

今於享班昵侍之際，伏奉畿臬按察之命。其責任之大、簡畀之隆，未必較嚴於喉舌。而方當國計虛耗，民勢艱虞，仰體宵旰若保之仁，宣布朝廷如傷之德，凡所以弛役而躅征，修利而祛弊也，政宜率先於三輔。則苟非剸理鍊達之通才，此時此任，不容輕授。臣顧其人乎哉？況臣則視他人尤有難焉？

臣之曾祖貞簡公臣文裕、臣祖文敏公臣宗玉、臣父文靖公臣命膺相繼是藩，比及臣身，爲四世四節矣。觀風之遺愛不沫，《甘棠》之舊謠尚傳，必將按前人之迹，而責臣以呂氏之家聲、韓門之世業。則以臣之無能爲役，尙何能稱塞

---

18 夙夜：《승정원일기》순조 5년 7월 3일 조에는 없음.

其萬一哉？

促敎之下，不得不冒沒祗承，而因仍蹲據終愧私心。伏乞聖明俯諒情實，亟改臣新除職名，以重方面，以安賤分，不勝大願。臣無任屛營祈懇之至。

明皇全集

卷五

書

書

與陳編修【崇本】

僕之獲賜於閣下有年矣。平生無一面之舊、一言之酬，而徒以氣意相感，精神相通，至煩其銊心劇肝，不朽我《學道》之篇。則僕之於閣下，方寸之往來，蓋一日而朝暮矣。夫形骸之都忘，曾面與言云乎哉？間者歲聘之价，宜致起居之問，而亦末也。惟以手擎爪罇，微吟朗誦，見斯人於無何有之鄉，爲究竟法。

然僕竊有疑於閣下，則疑而不請，是自阻也。僕豈忍爲是哉？閣下之敎僕曰：“一動一靜，身之境也，而未足以該情。”夫靜之境爲性，動之境爲情。今於動靜之外，更求情發境界，得不歸於身外之物？而于何措其情？

又曰：“動靜之未來，知覺之未發，是有性焉。”夫性固未發，而未發卽靜，至若動靜之未來，屬之於繼善成性以前可也。今以吾人淵然寂然之體，遽謂之靜亦未來，得不近於數珠之話？而于何覓其靜？

大抵數百年來中原之學，士大夫厭宋儒之支離牽蔓，而類皆以直捷徑約爲學道之要符。楊敬仲之言下忽省，詹阜民之下樓忽覺，無往非此箇頭顱。以至於姚江一派之見譏於諸君子，則曰："始也掃見聞以明心耳，究且任心而廢學，於是乎詩書禮樂輕而士鮮實悟；始也掃善惡以空念耳，究且任空而廢行，於是乎名節忠義輕而士鮮實修。"不知泰洲[1]、龍谿諸公又將何說以逌此譏？

如閣下，當世眞儒，汙不與頓悟家同其譏。而區區相愛之切，不能不以讀者之未詳本旨爲懼，敢私布之。執事幸勿鄙棄，卒垂剖破，俾開不決之迷胸也。

與徐員外【大榕】

足下之評我稿曰："著作分明柳柳州。"其評我人曰："氷雪爲懷，芝蘭其性。"夫淺知深知，固足下之知，而在僕見知之感，亦當時之子雲、堯夫，僕豈敢一日而忘足下哉？以僕之不敢忘，料足下之亦不忘僕。前春偶見足下答人書，曰："徐五如是僕極不忘者。"噫！足下其眞不忘矣。

不忘豈易得哉？"俾也可忘"，詩人之不忘君子也；"不忘平生"，聖人之不忘久要也；"寸心不忘"，騷人之不忘知己也。僕旣得足下之不忘，斯可以忘此身矣。

雖然，此身可忘，而文章之結習不可忘。踸厲頓挫，九折而十回者，僕能忘其氣乎？經緯槖籥，四亭而八當者，僕

---

1 洲：明나라 王守仁의 제자 王艮(1483~1541)의 출신지가 "泰州"이므로《明儒學案·泰州學案》에 따라 "州"가 되어야 함.

能忘其體乎？不師迹不匠意，胡然而舒，胡然而卷者，僕能忘其變化乎？此足下所不忘僕，而僕所不忘足下者。奚特僕與足下？千載之上、百世之下，亦同此不忘而已。

近作數篇，聊此求正，蕉牕細勘，將益挑不忘之思耶？

與鄭直學【志儉】

瀅修方自筵退，而《閣志》義例多所稟裁者。大抵聖意以志書故實之分開，爲有重複破碎之嫌，而若以瑣事細目，雜綴混錄，更無識別，則又不成體段。要須典而該，詳而有次，必欲一洗流俗偏滯之眼目。故蓋嘗歷舉宋館閣志、明詞林記之義例，皆未蒙印可；遂引《文獻通考》、《春明夢餘錄》之綱立其事，目注其說者爲奏，則始許之，仍命與執事往復商證，專管編摩。

今於義例一定之後，凡係蒐輯抄纂，都不甚費力。當隨其完篇，奉覽請教。至於《編次》一門，本閣見行之儀節，瀅修既未與聞。此則并篇序將歸之執事，亦願趁速構送。而篇序之體愈簡愈好，此不可不知也。

汝中所謂每條末端宜有"臣謹按"以終之者，不爲無見。故有所警咳，而聖教以爲不必然，今可已之。紙地之取資兩南一事，《雜式》外他無可附之目。故退與待教相議，以附之《雜式》爲定矣。雖然，此皆微文也。

閣之設寘出於右文作人之聖衷，而其經始措置，無一不本於中朝舊章。 如移蹕以榮其署則有<u>文華</u>故事，開講以叩其學則有<u>太液</u>盛觀，侍從以備顧問則<u>觀文</u>學士之餘意也，博考以進謨猷則<u>天章</u>諸臣之遺規也。 而專掌詞命，代撰王言，又皇朝<u>文淵閣</u>近之。 故此書每條，務析其稽古立制之實迹，然後方可以揄揚我聖上設閣之本旨。 未知台意以爲如何？

與<u>鄭水部</u>【<u>厚祚</u>】

《<u>詩故辨</u>》一書區區綴輯之本意，蓋不欲止於是而已。 自篇旨而推及於六義古韻、天文地理、鳥獸艸木、服食器用，裒然成一副巨觀，此特開其端耳。

年前偶爲入<u>燕都</u>者所取去，示<u>稼田趙雪颿</u>。 <u>稼田</u>心頗契好，爲序弁卷，謂"當與金樻石室之藏，同供選擇"，則過矣。 僕本非藉此求聞於後者也。

秖緣<u>朱先生</u>傳《詩》，比四書猶屬未定之論，故自當時已多岐議。 如<u>陳君擧</u>郎先生所推爲畏友者，而見《集傳》不怡，曰："以千七百年女史之形管與三代之學校而爲淫奔之具、儵期之所可乎？"先生求見其所自爲傳，則曰："公近與<u>陸子靜</u>辨無極，<u>陳同甫</u>辨王覇。其所談《詩》者，不過與門人學子講義，非欲佐<u>陸</u>、<u>陳</u>之辨也。"[2] 此其意不深服於《集傳》

---

2 其所談……辨也：《陳文節公年譜》에는 "且某未嘗注詩，所以說詩者，不過與門

可知。 又如輔漢卿卽師事先生者, 而其論《木瓜》之義以爲
"全不見有男女之思[3]"。 至於《白鹿洞賦》、《孟子集註》、《金
縢說》、《尊孟辨[4]》, 皆先生之說, 而與《集傳》異者。

今欲使先生之未遑釐正者逐加爬櫛, 補漏救罅, 俾有
以羽翼於《集傳》, 則吾輩安知不爲朱門之功臣? 而先生而
在, 亦豈不點頭彈指, 曰"此吾意也"乎?

但塵坌俗累東掣西牽, 幾年之辛勤用力者, 僅卒篇旨
而止, 故姑以是另作一書。 然僕終未忘於全書, 昨對足下,
漫說及此。 足下樂與相助, 許以地理一門, 專當編摩。 噫!
世皆以足下之心爲心, 士安有畛域而道何患不明乎?

《水經》、《淸一統志》倂本書義例, 玆以呈去, 可查收。

答成秘書【大中】

示喩叢書編摩之相助, 意甚盛也。彼以小品譏之者, 豈足以
知叢書哉? 蓋叢書之名起自何鏜之輯《漢魏》, 而舊目百種
皆非小品也。 經翼以考淵源, 別史以博譎怪, 子餘以辨門

人爲擧子講義, 今皆毁棄之矣. 蓋不欲滋陸、陳之辨也."이 자료의 "說"을 "談"
으로, "擧子"를 "學子"로, "滋"를 "佐"로 바꾸고 축약한 것임.

3 思:《詩童子問·木瓜》에 따라 "辭"가 되어야 함.

4 尊孟辨:《朱子大全·讀余隱之尊孟辨》에 따르면 《尊孟辨》은 宋나라 余允文의
저술이고, 이에 대해 朱熹가 부연한 것은 《讀尊孟辨》이므로 "尊" 앞에 "讀" 1자
가 더 있어야 함. 徐瀅修가 여기에서 "尊孟辨"이라고 한 것은 주희의 《독존맹
변》이 항목 별로 나뉘어 여윤문의 《존맹변》 각 조항 뒤에 부기된 형태로 합철
된 책을 보았기 때문일 것으로 생각됨.

戶，載籍以資逍遙，則勿論其假託標竊，有賴於援古證今之
學，尚不淺尟矣。

自是而爲鍾人傑之《唐宋》，爲商濬之《稗海》，爲陳繼
儒之《秘笈》，則概就前人見成之書，各以己意刪補，而去取
得失俱未免疵議。以至張潮之《昭代》、王晫之《檀几》、鮑
廷博之《知不足齋》，尤零零瑣瑣付贅懸疣。人遂以小品厭
棄，而不知者并與《漢魏》，都歸之小品，曰：「叢書者，小品
之義也。」噫！何其厚誣哉？然則《曲禮》、《少儀》之得名，
亦爲其曲而少也耶？

我朝前輩之文章經學，往往有不可及者。而惟是俗習
樸野，見聞寡陋，著書編書之義例章程，迄今窣窣如黑夜。
其膽布印行之若干種，自識者觀之，固多齒冷之處。然東人
之寶，要當爲東人惜之。且比之於張潮以下諸家，雖謂之宏
偉典實，亦非過語。夫以海隅之一偏邦，獲勝於天下珍藏之
數三名家，斯已足矣，亦奚他求哉？

其門目，只當以《漢魏》爲宗，而各種中本無引序者，吾
兩人與李君稷、朴美仲、家姪準平，分撰小引以冠之。其
卷帙稍夥者，李懋官則謂當抄輯，而鄙意不然。《漢魏》中
如《說苑》、《論衡》、《鴻烈解》諸篇，豈不至六七冊乎？

但原書之未能得者居半，惟恃諸益廣搜力訪。使盧文
弨所謂「聚千百年之名公卿學士，各舉生平所得力、耳目所
觸發，以相爲賜，而曾不少靳」者不專美於古可也。

答李檢書【德懋】

承以《儒林傳》序文相屬。 僕非其人, 顧以厠名其間爲榮, 敢不勉乎? 第迂滯之見, 有不容不直者。 竊嘗以爲我東四百年文治之隆、人才之盛, 非不郁郁可述, 而獨無一箇儒耳。何以言之?

夫特立之謂儒, 多文之謂儒, 以道得民之謂儒, 區別古今之謂儒, 通天地人之謂儒, 此朱竹垞之所論儒也。以是五者, 歷數東人, 其成就地步萬有一相髣髴者乎?

夫東人之所謂儒可知已, 硜硜乎言行之信果, 吃吃乎章句之鑽研; 辨爭者不過朱子初晚之異同, 著述者不越雜服拜揖之先後; 而重以先入是主, 則斥諸家爲互鄉, 聚訟旣多則視異趣如私讎, 抉摘太苛, 束縛愈甚。蓋不惟儒者難其出, 亦風氣使不敢出也。

言貴自得, 學賤記問, 天人性命之理, 塗在鄉塾講案; 而《詩》、《書》、《春秋》之說, 偏寂於老成宿德。足下究其由乎? 以朱子之爬櫛勘證, 不及四書之詳盡, 而無前輩之可依樣也。苟依樣之謂儒, 亦孰不謂儒, 儒林又可勝傳乎?

尚記年前授兒輩《大學》註, 至"止於至善之地而不遷", 僕訓之曰: "'止'當作'至'。若是'止'字, '不遷'爲衍。" 傍有客蒿目而搖手, 曰: "無妄言! 朱子註, 豈容一字有誤?" 僕笑答曰: "朱子固無誤, 傳寫者、翻刻者, 亦皆無誤耶?" 客猶不信, 僕不得已取《儀禮經傳通解》所載《大學》註以證之, 然後始釋然。此固甚者, 而大抵此箇見識。

僕故曰："東史中如道學、文苑、循吏、忠義、孝烈、方技諸目，無不可立之傳，而特儒林不可傳。必欲立傳，雖汰矣，其猶趙成卿輩若而人乎。噫，其太寥寥矣！"

答李學士【明淵】

盛策瓣香一讀，有賴於寡陋者多矣。兄之所存，特因準平，汎知其爲當世名家，而不料其成就之卓爾已如此。今得此篇而詳之，平平實實地，另出一副經邦之眞正見識，既不欲依他門戶隨人腳跟，亦不肯空言摽揭爲必不可行之議論。而其篇法也、句法也，雖謂之百尺之錦、千鈞之弩，恐不至爲過語。

大抵文章莫難於使事，故能立意者，未必能造語；能遣辭者，未必能免俗。而近日一種俗學則尤每下焉，掇拾叢書，丐貸雜家。其桀黠也，如侏儒之矜張；其艷冶也，如桃梗之衣冠；其粉飾也，如媒妁之行言；其誇誕也，如巫祝之談神。其端起於李卓吾、袁中郎輩，而我國則至今日而始盛行矣。試令爲此學者措一舌於此等文字，無米之炊，巧婦所苦，其東西破綻，掩不得，侄侄本色，可勝言哉？

兄亦今人耳，乃於衆咻之中，獨不失作家繩墨，而理勝機流，氣昌神旺。不待湊泊而自中竅，不事摸擬而自合軌，大之而國典朝章、民風吏弊，小之而米鹽簿書、竹頭木屑，一經諦構，都成雅語。似此成就，豈弟之絲毫阿私？具眼者當公好之。願益奮發，毋遽自足，倡起矯俗之對壘，以仰副朝廷一變至道之盛意，深所望也。

昔周文帝嘗患文體浮薄，使蘇綽爲《大誥》以勸，而卒能變一時士大夫之制作。吾則曰：“今之策卽古之誥也。他日牛耳之盟，建旗鼓而麾三軍者，非汝亮其人耶？吾雖老矣，請執左契而俟之。”

答金庭堅【允秋】

日昨因召赴闕，罷對而歸，則日已曛矣。不免使貴伻虛辱，悚甚悚甚。宜卽專謝，而所示新說，貪於愛玩，亦且至今闕然，致勤索還，尤訟不敏。勘訂諸條，以有公役，雖未能一一字過而略綽繙閱，無愧爲當世之行秘書。如弟固陋者，安得不斂袵起敬？

姜上舍所存，觀於籤紙，亦足以一臠知鼎。而大抵此書自《記疑》以下，務便初學之故，名物詁訓、出處援引，間多有不必著而著者。再較移謄時，稍就精約恐好。

偶檢四十五卷五十三板《經世紀年》註，曰：“此段，論《綱目》者也。”此似失考。《經世紀年》卽張南軒所著，而自唐堯甲辰至乾道改元，三千五百餘年之事，列爲六圖，蓋因邵堯夫《皇極經世書》編年譜而神[5]明之也。　此載於陳振孫

---

5 神：문맥상 “申”의 잘못으로 의심됨.

《書錄》及馬端臨《文獻通考》, 亦不可不釐正。

二十八卷三板"攟掇"註曰: "擇持也, 一云擲也。" 此亦恐誤。字典云"俗謂誘人爲非曰攟掇", 與夫答同父勸出之意相合, 更商之如何?

此書終當刊布, 嘉與吾黨之尊朱者同, 而以弟寡聞謬見, 其罅漏已如此, 此豈可艸率牽補而止耶? 望益加意查櫛, 毋使有一字一句之可議, 爲吾道幸甚。

弟《衍義》之役, 今幾就緒, 而尙未及了當。以此末由一進穩唔[6]。禁中與命汝相對, 亦說及兄疊疊矣。

答李進士【志德】

第一條: 《史記·貨殖傳》"庶民農工商賈, 率亦歲萬息二千戶, 百萬之家則二十萬", 此二千戶之戶字似是衍字。

嘗見明儒說, 亦有如賢者所論, 而文理語脈儘然。但起疑則可, 而立說則不可, 朱子豈不曰"前輩之於古書, 雖或明知其誤, 而只云'疑當作某'"乎? 且不見《說文[7]》序之"壯月朔", 遽改以"牧丹朔", 而畢竟"壯月"爲是乎?

---

6 唔 : 문맥과 일반적인 조어 용례에 따라 "晤"가 되어야 함.

7 說文 : 여기에 인용된 문구는 《金石錄·後序》에서 확인되고, 또 여기에 예시된 교감 오류의 사례가 《弘齋全書·經史講義44 總經2》에도 언급되었는데, 이 자료에도 해당 문구의 소재를 《金石錄·後序》라고 했으므로 "金石錄"이 되어야 함.

第二條: 歐陽公《縱囚論》, 恐近酷吏深文。

意其必來而縱之, 意其必免而復來, 當時君民之心儘有此情與否, 雖未敢質言, 而大抵歐公此論則守經而已。可常而不可暫之謂法, 縱而來歸而赦, 此豈可常之法哉? 此而可常, 則殺人者不必死, 而《虞典》五刑爲無所施矣。以此爲國, 其流之弊果不至於上賊下下賊上乎?

史氏立論之體, 不可以一人一世斷其議, 而必通古今。萬世要之可行, 然後始許其良且美焉。況賊之爲言, 害於義之謂也? 凡臆逆紿罔之屬, 無往而非賊。則以是爲賊, 尚何有於酷吏深文也?

第三條: 谿谷《漫筆》所論歐陽公《日本刀歌》, 無乃以辭害志耶?

來說得之。好古者例有此病, 奚特歐公? 如《竹西[8]紀年》、《汲冢周書》、申培《詩說》、子貢《詩傳》諸書, 不但蘄其存, 仍且贗其無, 則何須較論於入海之初再、焚書之先後哉?

第四條: 谿谷所論"歐公《濮議》不免於文過云云", 恐失歐公本心。

愚則以谿谷之論爲正。若使歐公不但《濮議》一着, 而其立朝彌縫事事如此, 終至與一隊士流, 轉輾角勝, 則是亦荊公

---

8 西: 西晉 때 汲郡에 위치한 전국 시대 魏 襄王의 무덤에서 발견된 대량의 竹簡書 중에 포함되어 있었던 魏나라의 편년체 역사서의 명칭은《竹書紀年》이므로 "書"가 되어야 함.

而已。荊公本領，亦豈甘爲小人者哉？此則朱子論之詳矣。而文人習氣本不肯屈人，　歐公則病在一着而不失爲君子，荊公則病在全體而不免爲小人。　豈容以成就之涇、渭，竝掩其一着之同病哉？

　　第五條：谿谷所論"《中庸章句》可疑者三"。自古文人之兼長經術者寡矣。而我朝則尤罕覯焉，農翁一人外，寂未之聞。毋惑乎谿谷之不能細心研究，亦不料其疏於讀經至此也。戒懼謹獨，自修也，禮樂刑政，治人也；戒懼謹獨，天德也，禮樂刑政，王道也；戒懼謹獨，正修以上之事也，禮樂刑政，齊治以下之事也。今曰"戒懼謹獨，皆修道之實"者，此果何等說話？

　　《中庸》首三句，重在中一句。故其下特提一"道"字，以包性、教。而第二章以下，分三大節：二章止十一章言性，十二章止二十章言道，二十一章止三十三章言教。然第二大節之終，已含教意在中，九經之禮樂刑政是也。而第三大節則多言效驗，鮮言工夫者，以其屬於教故也。此義自朱子以下，反復詳說，不啻較著，而在《中庸》，特淺近之一義。於此撈摸，則他尚何說？

　　至於"'道其不行矣夫'六字之爲一章，　終乖文體"云云，尤爲固陋。此一大節，以君子小人，分言氣質之性，以開知仁勇之端，而知愚、賢不肖者，氣質所以爲知行者也。故以行引知，以知引行，錯綜承接，間架分明。此一章卽以行引知，承上起下之處，而章句必以"由不明故不行"釋之。且於上下章句及《語類》中論此甚晰，則此豈待多少辨難而後知者哉？

第六條： 谿谷所論"心之有出入猶動靜，雖萬起萬滅，
而不出方寸地"云云。

來諭旁引曲證，所以破谿說無復餘蘊，而《大學》正心章《或問》，尤合參引。

第七條： 谿谷所論中國我國學術偏正。

此一段，谿說是。如橫渠之早悅孫、吳晚逃佛、老者，以其資稟，則大賢上知也，以其時勢，則有宋盛際也，而爲能實心用力之故，歷遍諸家，的知其不足學，然後一變至道。此所以入道也易，而與夫陽浮慕者異矣。

東人不然，言出程、朱，則不讀而稱善；事在陸、王，則聞名而先斥，不暇求其義理之當否、言論之得失。而老師宿儒、五尺童子，都是一般樣子，此果有眞知實見而然哉？ 一朝陸、王之徒試之以悠謬滉漾之語，將何以置對？而矮者觀場，隨人口吻，其不爲場中之笑欛乎？

嘗見《語類》，有人自象山來者，朱子問："子靜多說甚話？"曰："却只如時文相似，只連片滾將去。"曰："所說者何？"曰："他只說'天地之性，人爲貴，人爲萬物之靈。人所以貴與靈者，只是這心'。其說雖多[9]，只恁滾去。"朱子曰：

9 多：《朱子語類·陸氏》에는 이 앞에 "詳" 1자가 더 있음.

"信如斯言，雖聖賢復生與人說也，只得恁地。自是諸公以時文之心觀之故，見得他箇是時文也。便若時文中說得恁地，便是聖賢之言。公也須自反，豈可放過?"噫！今之哆口而斥陸、王者，時文亦何曾工耶？不用陸、王當日之工夫，則豈能看陸、王得出？

且夫朱、陸二子之相崇重者至矣。朱門誨學者，以持守每推服象山，以爲不可及。白鹿講席，朱子至爲之避席，上手謝焉。而陸之於朱，則有泰山喬嶽之歎。故朱子謂："南渡以後，理會切[10]實工夫者，吾與子靜而已。"今以其玩心。

高明着意精微之分門岐路，闢之如老、佛、楊、墨之無父無君者，此果有眞正學術者所爲乎？至如來諭中"皇明數百年不染陸、王者，只得薛文清一人而止"云云，又何考之不深而言之太快也？且置胡敬齋、羅整庵於何地耶？

答從弟景博潞修

陳亮所遭意外之禍，前後凡三端，而朱、陳往復，都不明言其事實。本傳及《箚疑補》則又詳於後二端，而最初一端，俱稱"醉爲大言"，來示疑之是矣。

---

10 切："朱、陸二子之相崇重者至矣……吾與子靜而已。"는 청나라 李光地가 아호서원을 중건할 때 쓴 기문 《榕村集·重建鵝湖書院記》의 글을 거의 그대로 옮겨온 것으로, 이 글자가 이 자료에도 "切"로 되어 있음. 그러나 朱熹의 위 말이 기록된 《宋元學案·象山學案》에는 이 글자가 없고, 《象山全集·年譜》등 대부분의 기타 자료에는 "着".

初, 亮既以書干孝宗, 旋爲大臣所沮, 報罷里居, 落魄日與邑之狂士命妓飲酒。 方會于蕭寺, 狂士甲者, 目妓爲妃。 乙謂甲曰:"旣冊妃矣, 孰爲相?"甲曰:"陳亮爲左。"乙曰:"何以處我?"曰:"爾爲右, 吾用二相。"大事其濟, 乙遂請甲位于僧之高座。 二相奏事訖, 降階拜甲, 甲穆然端委而受之; 妃遂捧觴, 歌《降黃龍》爲壽; 妃與二相俱以次呼萬歲, 蓋戲也。

亮曾試南宮, 何澹黜其文。 亮不能平, 徧語朝之故舊曰:"亮老矣, 反爲小子所辱。"澹聞而銜亮。 時澹已爲刑部侍郎。 乙不告州縣, 亟走刑部, 上首狀。 澹卽繳狀以奏, 事下大理, 笞亮無完膚, 誣服爲不軌, 案具。

孝宗知爲亮, 又嘗陰遣人永康, 廉知其虛[11]。 大臣奏入取旨, 孝宗曰:"秀才醉了胡說, 何罪之有?"以御筆畫其牘, 亮與甲始掉臂出獄。 此出葉紹翁《四朝聞見錄》, 而其最初所遘之大綱也。

同時如朱夫子、 呂東萊、 葉水心、 陳止齋皆與亮友善, 而莫有相救者。 故亮與人書有"君擧吾兄, 正則吾弟, 竟成空言"之語。

大抵亮固不得爲醇儒, 而其才氣之雄渾、 志槪之超邁, 亦可謂當世奇傑之士。 特因曾覿輩百計紐抑, 終未能一有吐露, 然宋帝讀其議論, 猶知惓惓不忘。 乃同好諸公反以意見之多少參差, 排擯譏嘲, 不遺餘力; 甚至於橫罹意外之

---

11 虛:《宋史·陳亮列傳》과 《四朝聞見錄·天子獄》에는 모두 "事".

禍，而一任群小之逞憾，略無所顧惜。嘗聞羅樞密點平生未曾識亮，而饟金賂吏，冀寬其罪。則諸公所以待亮者，能不有愧於羅耶？

夫在學術，則爭辨之必嚴；在危難，則拯濟之必摯，亦古君子同其憂不同其樂之義。吾於朱夫子"死了告子"之訓，恕視同父之事，竊不能無疑焉。

答從子有本

示及序記五篇，從容字過，各有評隲以還，查收。大抵明朝中葉以後，別集標目十倍於唐、宋盛際，其矜蟲刻鬥雞距，自許以操觚大手者，麗不億而家有人矣。然其所謂古者贗，才者莽，奇者吃，要其歸，都不越乎兔園釘餖之簿錄。而猶且大言不憗，曰："吾寧學漢、魏而未至，不欲居八家籬落下。"此之可笑可嗤，不愈甚於唐應德所謂三歲孩作老人形乎？

文至於八家而幾矣，八家以前，大羹玄酒，固質而未文也。檢押斬斬，條理井井，置字則如大禹之鑄鼎，練句則如后夔之作樂，成篇則如周公之致太平，八家蓋能之矣。彼規模而狀等木偶，翻着而步失邯鄲者，豈八家之罪哉？後周柳虯嘗笑文體古今之說，曰："特時有古今，文豈有古今？"此言有味。

八家之不必同於漢、魏，猶漢、魏之不必同於《尚書》、

《左氏》。卽勿論不爲與不能爲，通一元比倫之，亦猶一年之春秋、一日之朝暮，業作隨其節候，啓居適其早晏。

今不識漢、魏使字之風俗、用物之時宜，徒然剿竊其一二句語，又或借其官名、地名之後已屢變者，欲以自掩其膚淺，而曰："此漢、魏也。" 吾未知何物漢、魏奄奄若此。

吾故曰："今之學者只當奉八家爲宗祖，而宋儒之布帛菽粟，嚴之而勿踐迹；明人之僞玉贋鼎，恬之而勿見欺。" 作者之繩尺，步步回首；官樣之俚俗，言言務袪，則至於筆放墨飽，氣壹靈應，雲霞橫生，煙波蹙沓者，又非教詔之所由迪，而汝可自得之也。

汝生纔成童，吾嘗授汝以數卷口讀矣。今汝之所樹立，已稍稍可畏。而景博、準平又皆括羽鏃礪，不負吾期望之意。勉之哉！爵位可致也，貨泉可有也，聲問可長也，惟世敦詩書，不可易得也。

答從子有桀

吾怵迫嚴命，終未免承膺矣。昨筵，以撕捱太過，誨責諄摯。故復引向筵餘意，略陳微諒之有所據，而聖意終不肯許。

自念此身之受聖主恩與天無極，凡其進退久速，義不容自任己見。則姑且一聽造化，泯默隨逐，而曩與汝多少酬酢，都歸閑商量，思之，爲之不怡。

夜與汝中令伴直，剪燭促膝語，相得甚懽。仍及吾平生所大願，曰："吾本淡於宦情，今番之力辭恩除，亦是積畏風波，一切世味，便覺齒酸故耳。長湍卽吾丘墓之鄉，而邑治之左有尹尙書所構一屋子，背負鶴麓林木蓊翳，面臨前野畦町錯羅，門外有大川橫流，谷口有十數柳夾堤，每春夏經過，窈窕若隱者居其間。如得未老休官，買此屋以居，不復與狗苟鼠嚇輩爭是非，而書簏中獨携《國朝寶鑑》、《文獻備考》、《海東名臣錄》、《人物考》若干種，俛首作列聖本紀及年表、志、傳，以下各體略備，以成本朝一部潔淨之史，其爲報國，未必多讓於夙夜顚倒，而其吃吃呻咕之苦癖，庶乎其終有結窠矣。"汝中擊節歎賞，以此地聞此言爲甚奇。大抵此不是一時漫話，聊爲汝不憚覼縷，俾知吾心上經綸耳。

或曰："史之作宜在後世而不宜在當世。"此尤最無理最無識之言。《周官》之太史、小史、內史、外史、御史五職，豈不分掌各體，謹書當世；而班固之《漢書》、劉珍之《東觀漢記》，亦豈非當世之所命撰者乎？歲遠則同異難密，事積則起訖易疏。故古以當世之史爲貴，而今反以當世爲諱。東人坐井之見，固不足責，事事如此，生東國者將何事可做？誠難免乎陋矣之誚也。

答有榘

來示《輯釋》之不可無於斯世，誠得之矣。噫，自《大全》之行，經學之廢，今且幾百年所。就前人已成之迹，抄謄一過，以誤當時之學術，以膠後人之耳目，竹垞所云"豈不顧博物洽聞之士見而齒冷"者，誠爲實際語。然後知《輯釋》之因《大全》掩晦，尤係斯文之不幸。而其寓於倭本《章圖》者，未嘗如汲冢漆字、枕中秘書之荒唐不可信。則吾輩所以愛玩表章，豈有窮已哉？

舊閱《浙江書目》，載元刊《四書輯釋》三十六卷，而亦缺《論語·泰伯》《子罕》《鄉黨》三卷。浙江卽故家遺書之所萃，而僅有未足之一本，自以爲希觀異珍。則是書之絶罕於天下，槪可推知。

大抵四書《章句》、《集註》作於朱子，而勉齋繼作《論語通釋》。至釆語錄，附於章句之下，始自眞西山，名曰《集義》，然止《大學》一書而已。伊後祝宗道著《四書附錄》，蔡覺軒著《四書集疏》，趙格庵著《四書纂疏》，吳克齋著《四書集成》，論者多病其汎濫。

及陳定宇有《四書發明》，胡雲峯有《四書通》，而倪道川以定宇之門人，合二書爲《輯釋》。其義理明備，釆擇精當，自薛文清以下，皆稱《輯釋》最勝於諸家。則有志經學者，固不可一日無《輯釋》，而得此天下所無之完本，亦天所以啓佑東人也。

今欲洗出本書眞面目，必須先去其《章圖》、《約說》、《通義》、《通考》後人所附益者，只以倪氏原本，詳考其字句之訛舛，淨寫一通，以待早晚錄梓爲可。吾與汝共任此役，未必不爲衛經翼道之一大事業也。

與有槃

大雨跨旬，雷成坎竇生蝿，平地水瀖瀖鳴，坐看動植樵汲，
無非一般意思。忽覺朱子之登雲谷遇雨，因解《西銘》之妙
者爲有味。

夜牕納涼，靑燈熒熒，援筆作記文三篇，一曰《明皐
記》，一曰《燕射記》，一曰《雨蕉堂記》。甚欲與汝大開口劇
讀數過，仍復細勘其字句之不安帖者，而顧汝不肯來耳。

明皐類稿，欲自三十九歲以前作一集，先爲整寫，標[12]
之曰《始有集》。蓋取公子荊居室之語，而其二集、三集，
當稱《少有》、《富有》也。徐惕庵是序全集者，今不可無每
集一序以發其分類之義，汝必爲我作一集序一篇以送。

人之見識必於四十前後長得一格，故前輩傳後之作多
出晚年。吾所以分年類編，或冀其二集續輯之日，篇篇比倫
於一集，而格力風致判若古今人之不相似，則一讀一呼，將
沾沾然狂喜過望也。汝勿以此言爲有宋人助長之心，試留
此紙，作他日考論之符契無妨。

與璀絢上人

官齋秉燭，日按俗簿，影事實色，無非動撓奔馳之境。刹那

---

12 標：'標'의 통용자로 쓰임.

一念, 政求潮音, 匪意垂問, 有警昏惰。所以銷妄塵而旋妙
覺者, 安知不自此得力? 深感深荷。

但來諭反復於"愛"之一字。則愛亦情根, 卽無論所愛同
異, 入流行人之着力拔除者, 何爲繾綣如此? 豈河沙戲論,
猶隔一障耶? 將此紙視作团地一聲, 未必無補於悟主悟空
之冥助, 如何如何?《法數》深局洛舍, 搜還無路, 姑俟早晚
解絍。專謝前慢。木綿一端, 送備衲衣之需。睛勞華現, 掛
漏只此。

與璀絢上人

江上聯榻, 至今在懷, 而雲蹤一遠, 瓶錫邈不可攀矣。間且
攝念護覺, 誓心捱拶, 以求所謂向冷地驀然親見之眞境, 而
內爲浮根所錮, 外爲器界所局, 中爲業識所持, 入流之力日
微, 除結之鋒漸鈍。每當空花亂起河沙生滅之時, 何嘗不翹
首方丈, 願言一叩?

今適塵緣少歇, 携《法華》一函, 來住丙舍, 爲十餘日講
究計。誠以此山靜僻囂棼, 不到鄘子元之三種妄想, 知應惹
他無因。如蒙不鄙固陋, 賁然來思, 使頑石點頭偶人能語,
則知[13]嵩師之誦說功報, 未必專美於前人。聊奉尺牘, 秪俟

13　知:《三國志·魏志·釋老志》와 《佩文韻府·入聲·屑韻·舌·智嵩舌》에는　모두
　　"智"로 되어 있음.

潮音。

明皇全集

卷六

書

書

與紀曉嵐【勻[1]】

文章本有眞，千古一脈。凡近日之工鑿帨餙竽牘，自詑爲專
門名家，而卒不免於僞玉贗鼎者，非僕之所願聞也。僕之交
當世士，不爲不多矣；新編零簡之落在我華門圭竇者，亦不
啻盈牀堆架矣。譬如雲烟之過眼、鳥聲之感耳，豈不欣然
相接，去之則未必復念也。

夫以天下之大、中朝之文明，所操者，建安餘響；所著
者，叢書小品。而其追蹤《大雅》，究心實學，宗雒、閩而桃
鄭、孔，主武夷而賓鵝湖者，竟謂無其人可乎？是以冀或
一遇，無行不問，蓋屢歲月，而獲讀閣下與耳溪往復書及集
序，又因李懋官諸人，聞閣下經緯之門路、儲峙之菁華，斯
可謂眞文章，而天下果有人矣。

僕於文章，童而習之，至于今白紛如，而乃所願則義理
以立論，繩墨以結篇，抑揚頓挫以作句，點綴關鍵以造字，
又於其中，須要個凝聚骨子，如物之有黃爾。雖然，此亦願

---

1 勻 : 본디 "眴"인데, 조선 景宗(재위 1720~1724)의 이름자 "眴"을 피하기 위
해 변을 생략하여 표기한 것임. 이때 "勻"의 독음은 "윤"임. 참고로 "勻"과 "眴"
은 중국음이 "yún"으로 동일함.

之而已，苟非一代詞宗磨礱而導誘之，下國後進縱有些才
分智力，尚何所觀法，而自脫於陳腐固陋哉？今幸天借其
便，奉使朝京。而閣下以文垣盟主，與我先兄判書公，有特
契，於僕，知不恝然。僕之就正有道長進一格，此其機乎。
茲將詩文若干篇、所撰《學道關》一書，冒塵高案，仍乞集
序。數種土[2]宜非爲物也，聊以將敬。

與紀曉嵐

昨於峀使之來，伏奉四種珍貺，佩德之厚，物物感感。外，
弁序一帖，瓣香而乃敢敬讀，則千古作家之利弊污隆，捃摭
解剝，窮極指要，使敷蔓而傷骨者、雕刻而傷氣者一一臚
其受病之實。而其中一段不可磨滅之光明寶藏，使慧眼者
自得之。此但僕一人之私寶耶？卽詞林文圃有數文字，而
當與天下萬世操觚俟斤者，共尸祝之也。至如推獎之過、
期勉之重，雖萬萬不敢當，而僕之破琴輟絃久矣，今於大都
祈遇之會，得閣下之知我詡我。而其衩[3]衣負手沈思努目之
難言肯綮，大書特書，形容到底。歸對耳溪，晴牎雄誦，奉
警[4]咳於行間字裏，而怳若朝暮遇也。明當歸國，不知後會

---

2 土："土"가 되어야 함. "土宜"는 토질에 적합한 물품, 곧 토산품을 뜻함.

3 衩："衩"가 되어야 할 듯함. "衩衣"는 평상복을 뜻하므로 "衩衣負手"은 평상복
차림으로 집안에 틀어박혀 뒷짐을 지고 오락가락하며 골똘히 생각하는 모습
을 묘사한 말임.

何日, 而王子安詩"海內存知己, 天涯若比隣"之句, 閣下已教我矣。書不盡言。此刻伏惟德履沖泰, 爲世道爲斯文, 千萬珍重。

《朱子大全類編》, 朱子後孫朱玉所編。 詩文各體, 一從年條編次, 最有賴於初晚之考据。

《朱子語類》, 黎靖德集諸刻, 合成一部者。 而蜀、徽兩本中, 欲得初刻古本。

《朱子五經語類》, 程川所編。

《白田雜著》, 王懋竑所編。聞於朱子書, 用力至深, 能辨別眞僞, 參考異同, 其所發揮, 多前儒所末及者。○《翁季錄》, 雖知李文貞之疏請刊布, 而閣下以文貞之再傳弟子, 質言其家之竝無一本, 則當時未及施行, 可以推知。此一種今固不可得, 而以上四種, 南方藏書家必皆有之。竊願次第博訪, 隨得隨寄, 以卒嘉惠, 區區之幸也。

附答書

不揣固陋, 應命强爲元晏, 適成徐無黨耳。方自慙悚, 而先生推奬逾分, 寔所不期。感感。承惠諸品, 此亦古人發幣之遺禮, 敬領。莎紙諸物, 已荷高情, 至幣帛,

---

4 警: 우리나라에서 서간문 등에 "咳", "欬"와 함께 사용할 때 "謦"과 통용함. 《寒暄箚錄·結語類》"無緣一奉謦咳".

前已拜賜，人參，素所不服，謹對使拜還。

　　所委採辦各書，陸續必有以報命。其《白田雜著》一種，本無是書。乃勻編定《四庫》時，惜其全集之蕪雜，轉掩其考證之精確，爲刪定其書，改題此名，寔非所自編也。近其孫得官縣令，聞已從勻所編刻板，當卽馳書索之耳。紙短情長，言不盡意，統爲朗照。耳溪喬梓，恩恩不及另函，希代道相憶。紀勻頓首頓首，上明皐先生。九月二十七日。

與紀曉嵐

未見而憂，旣見而喜，此詩人所以頌美君子。而不謂今日眞踐實境，益知其言之有味。況閣下之於僕，亦當世之子雲、堯夫也？瓊琚玉佩，不朽我平生大業。則珍玩在手，雜誦在口，所過之山川形勝，都付之夢外幻境。耽看錯應，得不見譏於居敬君子耶？　今而後知古人之亡失衣冠、顚墜坑岸，殆未可厚非也。

　　朱子書，未得諸種，蒙閣下一言之諾，得以藉手歸國。而今因節貢之便，更此別錄仰懇。未知其間建寧、淮安，俱經往復否？此係弊邦正學術明道法之一大事，切願如數覓副，以卒嘉惠。而萬一各種未及齊到，則以見在者，先付今便，未及到者，隨到隨付於後便，幸甚。此日伏惟台履保重，望實逾崇，更乞爲道自愛，以副瞻仰。

附答書

紀匀頓首頓首，敬啓明皇先生閣下。匀今年七十七矣，天性孤僻，平生無一聲利交，惟以道義文章相切劘者，乃能款洽。故濫以虛名傳天下，而門庭恒闃如也。前見先生，不以中外爲限。而顧我快讀著作，亦不敢以中外爲限，而傾倒於先生。彼此相賞，固均在酸鹹外也。貢使接讀手敎，如見故人，適歲暮，典禮繁多，老景頹唐，竟未能作札一暢所欲言。然大旨，望先生刻自樹立，使他日聲流中土，爲老友所深慰而已。

承委買朱子各書，業已發札，託舊友代覓，道路迢遙，卷秩繁重，此時尙許而未至。然必有以報命也。承惠方物，已拜登，順此佈謝。臨風悵望，紙短情長，統希朗鑑，不備。紀匀頓首頓首敬啓。庚申上元後二日呵凍寄。

○夾片曰：朱子書數種，皆人家藏板與明刻板，非市中所有。其書一半在江南，一半在福建。江南之書，已託驛鹽道魏成憲購求；福建之書，已託十府糧道陳觀購求，皆匀門生也。此時尙皆未至，當以次隨得隨寄，必有以報命也。

與紀曉嵐

春間節使之還，瑤華遠存，寄意鄭重。閣下以當世文章鉅公，主盟《四庫》之館，三十餘年矣。凡天下隱鱗戢羽名聞未彰者，孰不願得閣下片言隻字，以借其羽毛，定其聲價？意者遂其願者，特千百之一二。

而如瀅修者，海隅之鰍生也。坐井之見有限，絜[5]瓶之智難周，吃吃窮年，不知老之將至者，曾何足以滿大方之一笑？顧閣下不惜如椽之筆，引而置諸著作之林，又於郵筒往來，傾倒至此，勉之以刻自樹立，期之以聲流中土。

古人不云乎？“莫爲之前，雖美不章；莫爲之後，雖善不傳。”茫茫窮塵，不知爲之後者何人，而并世得此，亦可以樂而忘死矣。敢不以餘景殘晷，分年程課，圖所以不負知己耶？

朱子書采訪委折，金譯袖傳閣下所錄示者，始悉爲之謀忠之顛末。而魏、陳兩賢皆係閣下門生，則其於師門之託，知應竭心妥辦，早晚束出，使瀅修獲免於委命艸莽之罪。何莫非台賜之殷厚也。感感，不知所言。山川夐阻，會合無日，憑楮延佇，跂予望之。瀅修再拜。

附答書

勻敬啓明皋先生閣下。別來日久，相憶殊深，寥廓海天、迢遙川陸，惟賴雙魚尺素，一抒飢渴云爾。六月使車至止，接讀華緘，兼惠寄方物，知前箋已達，且悵且喜。杜陵云“文

---

5 絜：“挈”이 되어야 함.《春秋左氏傳·昭公7年》의 “雖有挈缾之知，守不假器，禮也。”에서 따온 말임.

章有神交有道",此難爲外人言也。

所需之書,京師竟不能物色求之,閩中始有端緒。其中《白田雜著》一種,原匀家之抄本,敝通家陳糧道疑而反詰不知止。正副二本,正本已交官庫,爲《四庫全書》之底稿,鈐印秘藏,不可復得;副本爲白田之孫乞去刊刻,聞已刻成。而此公萍蹤無定,故匀轉求印本,而敝通家以爲疑也。頃已札覆之,諒亦必辦矣。久稽台命,頗切惄恧。謹以敝通家札中夾片呈閱,庶知匀未度外置之耳。

附曹扇十柄、楊州香珠十串,聊以伴函,不足言敬也。今日敝同寅德大宗伯遽返道山,一面具奏,一面理其後事,悤悤不暇多及,統惟朗鑑。臨楮馳溯,順候近祉,不備。匀頓首敬啓。七月十六日未刻。

○陳糧道觀夾片曰:

前諭尋買朱子諸書,卽向閩中書坊查問,所有《語類》、《全集》,俱已買得。卷帙繁重,道路迢遠,必附土貢之船,始可以北上。

其程川《五經語類》,據書坊云"係新板,現在坊中者賣完",尚須另覓。

其《白田雜著》一種,聞係抄本,現無此書。竝稱此抄本出於老夫子大人家中,不知何以轉覓?竝乞示知。門生觀謹附稟。

與紀曉嵐

往歲小車造門，對榻論心，談叢之退筆成冢，爐篆之餘香欲燼。蓋自文章之老境、作家之能事，以及《夷堅》、《諾皐》荒唐疑信之說，無不促膝抵掌，傾囊倒庋。則凡其破《黃芎》之見，驚河伯之耳者，至今五載之久，歷歷然鬚眉如接，謦[6]咳如聞。昔李初平見周茂叔，聽其說話二年而歸，大覺於道。夫在道妙，則二年非遲也；在文心，則一朝非速也。此豈可謂頓悟家無底簟耶？然鈍根之難化，終不免言筌忘茗，則亦願時加鞭策，以卒賜之教也。

辛酉、壬戌貢使之還，連蒙《朱子語類》建安合刻本及《全集》閩刻本兩帙之寄惠，此知是陳糧道書所云"向閩中書坊買得"者。長者之不忘舊要如此，後生所以激感於知己也，尤當如何？

前托四種中未得二種，卽程川《五經語類》、王懋竑《白田雜著》。而其《五經語類》，以《簡明書目》所載解題觀之，標其某人所錄、某年某月與朱子年若干歲者，大有助於初晚先後之考證。其《白田雜著》，曾聞翁覃溪言，知於朱子書，能辨別眞僞，參核同異，故必欲得見。而閣下前覆中幷云"諒亦必辦"，則間者或已齊到耶？敢恃宿諾，復煩至此，甚矣，其不知足也！

今去貢使禮曹判書、宏文‧藝文兩館大提學李公晚秀，

---

6 謦：239쪽 주4와 같음.

卽瀅修之平生石交，而弊邦之詞垣宗工也。其搜羅富，其斧藻嚴，不如瀅修腹笥枵然，爲貧子捃拾家計。閣下而見者，必傾蓋如舊，恨不能致此身於其間，與聞妙道精義之餘緒也。北望門墻，會合無日。千萬神明所勞，爲道自重，以慰瞻仰。

與劉松嵐【大觀】

驛路邂逅，仍成佳會，半夜秉燭，津津說古今談經史，古人亦有此奇緣否？況先生之敎我曰"自古詞人具仙骨，不煩爐裏畫殘灰"？此麻衣所以相錢公，而先生取以期我也。急流勇退，何等大事業？況於贈處之際，一言之重，君子終身不忘？早晚遲速，雖未可質言，而要須貼在額上，不敢負先生。僕之受先生賜，不亦盛矣乎？

行且南至，伏惟先生齋戒有相，德履保重。令婿徐君亦均安否？臨別索鄙稿甚勤，厚意豈敢孤，而今便凌遽，未及另寫一本，當俟後价。竝所著書數種，送請斤正，幸先生之勿督也。信筆付候，不盡馳企。惠而好我，毋金玉爾音。

附答書

去年嘉平五日，伏讀賜書，詞旨殷厚，感荷彌深。竊以閣下琅玕在腹，氷雪爲貌，一望知爲有道之士。僕以尊範近於錢公故，以急流勇退，襲言相法。然以閣下之年

與閣下之經綸抱負，恐造物不許優遊林下耳。進退出
處，不居成心，方合仕止久速之旨，幸毋決於鄙人之謬
語也。

觀空疏無據，智拙才顓。客冬，大京兆王公欲以
賤名列之薦章，以格於例，不果。【到州未滿五年，例不準
卓異。】卒加上考，曰"守潔才優，循聲頗著"，未免居之
有愧。【考績之年，雖不聽薦剡，亦出考語具題。】然幸未得遷
移，猶可音問相通。或有後會，亦未可知，伏望。庚申
正月二十八日，大觀再拜。

答尹復初【光顔】

傳首章至傳四章。

上編，載經一章而附以《帝王爲治之序》；此編，載傳
四章以上而附以《帝王爲學之本》者，似無意義。眞氏序云：
"前列二者之綱，後分四者之目。"然則是二者，皆屬綱領統
說，何可分而二之，一附於經而一附於傳乎？此編所載傳
文，恐宜移入於上編經文之下，而《衍義》二編，依前合編爲
是。

以次序言之，《爲學之本》當先，《爲治之序》當後，而
此篇以《爲治之序》先之者，蓋《爲治之序》統論規模，《爲學
之本》，始就明、新工夫上言故也。不特書中所引諸條，確

有條理，雖以眞序自註者觀之，"以上論《爲治之序》"以上，皆以規模言；"以上論《爲學之本》"以上，皆以學問大綱言。

且以本書所引者言之，經一章之必引於《爲治之序》，"湯之盤銘"之必引於《爲學之本》中《仲虺之誥》訓釋者，各有段絡，可以推知。今若幷敍經一及傳三，然後系之以《爲治》、《爲學》，則經一卽三綱八條之統論者也，傳三，單就三綱上釋之者也，三綱八條之統論者及遺却八條，單釋三綱之傳文，都歸一條，而曰"此《爲治》、《爲學》之都目錄"，果是何等發凡？而有何分屬之體裁精神乎？此處屢經稟旨，極費睿裁而停當者，恐不可以一時意見，輕易議到也。

《爲治之序》

《堯典》。自"欽明"【止】"時雍"，通論自心及天下之規模。

《皐陶謨》。自"愼厥身修"【止】"邇可遠"，通論自身及天下之規模。

伊尹。自"嗣厥德"【止】"終于四海"，卽明明德於天下之義。

《詩·思齊》。自"刑于寡妻"【止】"御于家邦"，其本亂而末治否之義。

《易·家人》。自"家人"【止】"反身之"，謂修身爲本之義。

《大學》經一章。

《中庸》。自"修身"【止】"懷諸侯"，而又以誠爲行之者一，則此後經八條"后而又后"之義。

《孟子》。自天下推及於身，此前經八條"先而又先"之義。

《荀子》。此亦修身爲本之義。

董仲舒。此明德爲本，新民爲末之義。

周子。此亦修身爲本之義。

《爲學之本》

《大禹謨》。人心、道心訓明德。

《仲虺之誥》。德日新訓新民。眞說亦云："湯之盤銘卽其事，而盤銘卽新民傳也。"

周公作《立政》，克厥宅心、克俊有德，[7] 此明明德之止至善。

《洪範》九[8]疇。此新民之止至善。

《禮·踐阼》篇。丹書敬字卽至善傳"於緝熙敬止"之敬。

《說命》。

《敬之》。以上眞序所謂"商高、周成之學庶乎此"者。

漢高帝、文帝、武帝、宣帝、光武、明帝、章帝。

唐太宗、玄宗、憲宗。以上眞序所謂"漢、唐賢君之所謂學，已不能無悖乎此"者。此朱子所謂"凡傳文，雜引經傳"之體也。

7 德：底本에는 "明". 《書經·立政》및 《大學類義》에 근거하여 수정.
8 九：底本에는 "六". 《書經·洪範》및 《大學類義》에 근거하여 수정.

漢高帝初定天下。

此條下胡五峯說甚好，恐合添錄。

胡氏此說，齟齬未必當理。故先儒亦多笑之。或曰：
"以此責賈，將置絳、灌等何地？"又曰："'封建果可以禦凶
奴云云'，不必錄。"

宣帝詔曰"朕不明六藝"。

此條下宣帝雜用王伯一條，并眞氏所論添抄似好。

在鑑與戒，皆未襯切，恐衍。

劉康公曰"民受天地之中以生"。

此條，疊見於下《正威儀》篇，更商刪一。

此條則以"所謂命也"一句爲重，《正威儀》篇則以"動作
禮義"以下數句爲重，而疊見者，不過"民受天地之中"一節，
以詳略互見之例，不妨并存。

《乾·文言》"元者，善之長"。

此下眞說所謂"此條"卽指朱子說，而本說旣刪，則此句
亦當刪。

眞說更加看詳。若節此句，則"蓋"字以下，文理不接續，若竝"世之"以下都刪，則天人之一與不一，首尾不相照應。且"此條"，必當指所引《文言》一條，而非指朱子說，不可不仍舊。

《中庸》曰"天命之謂性"。

此條下朱子集註中，"蓋"字以下卽《章句》初本，而視定本，文義似欠完暢，節之爲允。

集註"蓋"字以下，眞氏《集編》、趙氏《纂疏》、黃氏《日鈔》、胡氏《四書通》皆如此本，而自陳定宇改從《章句》，今本《輯釋》因之，遂載《永樂大全》而爲通行之本。然先儒皆云"二本皆出朱子親筆，而《或問》之意則主眞氏本。且其'本於天而備於我'一句，此本比今本爲精云云"。況此爲眞氏書，則尤不必拘於後來改本之異同。

萬章曰"舜往于田"。

此條下眞說中，自"蓋"字【止】"切也"則刪之，添入本文中自"楊雄"【止】"之慕"一段，恐好。

只存上一句，而下并刪之，則眞氏此段，無甚新義，不如全刪。

子曰"吾道一以貫之"。

此條下集註中"忠出"下，取本書中自"又曰"【止】"忠恕"一段，添入恐當。

《語類》云"求做底忠恕"，而此作"有爲之忠恕"，則似失朱子本旨。且此段，自倪氏《輯釋》以下，并不取，不須添入。

孟子曰"夫仁，天之尊爵"。

眞說中"須焉"下，本文中自"不仁"【止】"仁矣"一段，添入似好。

"相須"二字之中，已包下兩句意，更添恐贅。

漢文帝時，賈山言。

本書中文帝不作露臺一條，抄載此條下，則意尤完備。

露臺一條，已見於《備規制·宮闕之居》，不須疊。

《大學》傳六章第一節。

此條下丘說中"言也"下，添入本文中自"蓋學"【止】"然其"

一段，“之者”下，亦添自“是乃”【止】“分之”一段。而自“是則”
【止】“獨也”一句及自“各隨”【止】“少效”一節，并刪去。“補入”云
云，已見上下，亦合刪。

“須臾之頃，端緒之初”，正指“獨”字境界，而新籤一節，
不過知、意相因之義，當從御點。

《中庸》首章第三節。

此書之例，惟《大學》是本經，故只書幾章幾節者，以篇
首已載其文故也。自餘他經則苟疊出，只刪之而已，今此
《中庸》某章云者，殊乖義例。然他條亦時有不得已疊見者，
如《堯典》首章、《詩·文王》，已載於首篇及《事天之敬》條，
而“欽明文思”、“於緝熙敬止”二句，又單抄入錄於《修己之
敬》條是也。今亦照此，只載“莫見”、“莫顯”二句，抑或爲詳
略互見之一道耶？

此籤所論極是，當從之。

以上，謹理欲之初分。

“以上”下，《衍義》則皆有“論”字，而補篇則皆刪“論”字，
未免斑駁。此下諸條，并一例書“論”字，恐得。

歷考本書凡例，則原篇各條，皆有“論”字，補篇以下，

幷無"論"字。今此選例，本書所無者，不添一字，則續篇亦當一從本書凡例，而不必嫌其或有或無。

《春秋穀梁傳》曰"學問無方"。

　　此條丘說，無當於原條，且只引古書而無收結語，當刪。
　　丘說若刪，則當錄本書所引《左傳》，此義不可泯。

以上，除民之害。

　　河爲中國一大患，本書之以此一事，別爲"除民之害"一目者固也。而終涉孤單，在今又非緊務，全刪無妨。
　　河水之患，果爲中國莫大之患，而在我國則本無此患，此一目之全刪，籤見儘然。

太宗置《景福殿庫》。

　　此條下"史臣曰云云"，雖論宋事，而無當於此條，不可繫之此下。且此條及上條旣幷刪，則史臣說，依本書頂格寫，而附丘說於其下。"史臣曰有"四字，則刪之似宜。
　　此書之例，事實則引史繫國，議論則取言繫人。今於史臣議論，截去"史臣曰"，而直稱"宋自中世云云"，則此爲何人之說？而豈不有乖於凡例乎？毋寧并丘說全刪。

"典同掌六律、六同之和。"

《周官》論樂，惟太師職爲總要，十二律、八音、五聲之名義，皆詳於此，似不可不載。宜刪此條，而取本書中太師職一條，代錄爲得。

典同一條爲樂律之本。六律、六同者，律呂清濁之分也；數度者，律呂之三分損益也；齊量者，均調之隔八相生也。後世言樂，皆從此出，而至於太師職，不過泛論名義，恐不可去此取彼。

杜佑《通典》曰"十二律相生之法"。

聲律之說，要當別爲一書，如此節約之書，實無以該具其度數之詳。且此非切要於治道者，只可存其概略而已。丘氏原本，因朱子《律呂新書》中"某書某說可考"之語，而歷載其本文，然今不必依此盡載。此條，并下蔡說，刪之爲當。

子聲之說，始自杜佑發之，此於樂律，爲一大肯綮。此條可刪，則當以何者備樂律之制耶？

此條《通典》文，自"梟氏"以下，與本書全異，當更考。

此以朱端清《律吕精義》中所引《通典》說，參互本書，出自睿裁者。

孔穎達《禮》疏曰"黃鍾"。

上既載《禮運》"還相爲宮"之文及陳註，以見其概矣。此條孔疏似疊。

"還宮"，樂之大關捩，固不可以《禮運》一句，謂已盡之。況此條所論，其於證後世八十四調之失，爲一明文。故朱子亦謂"變宮、變徵之不得爲調，孔氏之《禮》疏可考"，不可刪。

《唐書》，玄宗以帝生日爲千秋節。

此條下丘說中"在前"以下刪之，而添入本書中"今承"以下十八字爲緊。

每一君爲一節，亦一唐、宋故事之不容泯者，不必刪。

《月令》"季冬之月"。

土牛鞭春之制，雖於古有稽，而終近不經，且甚冗瑣，合刪。

雖近不經，風土節物之記，古人之所必詳。

《周易》"易有太極"。

　　此條下丘說中"生八"下，似有脫句。且程子未嘗以加一倍法爲《易》宗旨，此按當刪。

　　堯夫易數甚精，明道聞甚熟。一日，因監試無事，以其說推之，出謂堯夫曰："堯夫之數，只是加一倍法。"堯夫驚拊其背。此云叔程子者，雖失檢，不可謂程無此說。

"凡天子之車曰玉路"。

　　此書主意，在於裨君德鑑治道，至於名物度數，有司之事，固非要切於啓沃之工。又難該詳於節約之篇，存其概而刪其繁，恐無不可。此條輿衛等節，尤合刊落。

　　此等制度，皆制禮作樂中一事。所謂治道，捨禮樂而何所措手？且名物度數，若不概見於此等之書，後雖有良有司，其將誰憑誰因而就加損益耶？文獻之不足，聖人發歎，恐合更商。

《書》"乃命羲、和"。

此條下丘說中，自"先儒"【止】"大要"一句可刪。

所欲節者，似爲此段眼目。

蔡邕《天文志》曰"言天體"。

此條中"立八尺"以下刪之，而取本書中虞喜說，添載此條下爲勝。

虞說，未見其緊貼此條而爲必可收。

答李君正【魯春】

來諭壬子事之不可無一部專書，以資後考者，誠不易之論也。然欲成此書，則必須溯其源頭，詳其來歷，使彼一種凶徒數十年覬覦醞釀之憯謀陰圖，一一臚其如鬼如蜮之情狀，然後此輩所以讎視英廟誣辱正考之千罪萬惡，可以莫逃於禹鼎而昭垂於青史。此不可不廣搜博采，寧繁毋略，勿論公私載記，可合編入者，台亦隨得抄示，幸甚。

大抵壬子事之緣起，如台之伊時屏處者固應茫昧，而雖以尹右相之身在都下，同此患難，亦未悉其裏面。故乙卯年間，與舍侄邂逅內閣，從容移席，細叩委折。今台之俯詢，亦此志也。

弟則有一二所聞異於道聽塗說者。壬子春，柳臺星漢疏請頻開講筵，而遣辭之際，有"因噎廢食"之句。蓋戊己間文女、尙魯之慇間兩宮也，以不御講筵爲辭。故丙申以後，燕閒講讀，無日不畫漏稀而晨鍾鳴，獨於講筵，罕開焉者，朝臣皆知聖學之非忽於緝熙而然也。

所以柳臺之疏引此一句，而批旨襃以"近來無此作"，則來諫之聖德，夫孰不欽仰？然於是時，浚賊入而脅持，出而藉賣，其勢焰足以掀動一世，而乃執此一句，抑勒驅陷於罔測之科曰"此其意上逼不敢言之地，此凶疏也"。此言一倡，搢紳章甫迭討柳臺，推及其父，而南、少之包藏禍心，睥睨伺釁者，紛然攘臂矣。

然浚賊卽一闒茸識市井無賴之潑漢，渠豈知東西？使浚賊爲此者，皆鄭景淳之所爲也。景淳本以妖邪之性，薄有文墨之技，修飾邊幅，儕流咸稱自好之士。故浚賊之貪權樂勢，始頗不躐，每對人，輒曰"亡吾家者此侄"，而不與之諿諿矣。及夫年老眼熟，又益之以死黨之本心，見柳臺疏語，謂此機可乘，乃爲浚賊抵掌指畫曰："汝本無才無德，徒冒恩榮，衆怒群猜，決知其畢竟無幸。而今有一條可救之路，汝若因星漢疏語，闡明某年義理，網打老論一隊，而使少論做得全局，則此其樹立，可作千百世少論主人，從前許多過失，自歸於太空浮雲。收拾桑楡之計，孰有大於此者乎？雖然，聖意之曲從，未可必。今日之徐氏卽先朝之四忠也，而於此義理，旣與老論同歸。須以徐氏爲老論前矛，試探上心之從違，然後萬一上心有動，至此事，雖徐氏亦不能不相捨，則以外老論之芟夷掃除，當無異摧枯拉朽矣。"

浚賊甘聽此計，稱以采納所聞，以少論所謂"不嚴此義，聖孝有歉"之說，逐日入陳於前席，退則矯誣聖旨，風蔡濟恭，粧出嶺疏，姑先汎論某年義理，仍嗾其腹心鄭昌順、李祖源，嘯聚少論儒名，粧出南學疏。而昌順則迷藏其身，使其部曲洪秉聖縱其子志燮，主疏事，祖源則直送其子後秀於疏廳，與志燮同力協辦。疏草則出於沈基泰、柳協基兩人，而此輩之睒眙叫呶，無復顧忌者，特有浚賊密地指揮，謂聖志之必可奪，謂黨伐之必可售耳。

疏入前一日，自上因浚賊，知有少論儒疏之舉，又知其爲昌順、祖源之所粧出，而昌順時以內局提調在闕，故引接昌順，俾令禁止，又敎曰"卿若不能止此疏，則予無復對卿之顏矣"。然昌順旣篤信浚賊矣，豈肯動於上諭耶？出而語人，佯爲禁止之態，而密告秉聖父子曰"吾當知之，更勿遲疑，卽速書呈"。此輩旣得此語，一倍雀躍，而疏遂上矣。凡此凶窩毒正禍國之暗地排布者，豈可以外面摸索，謂得眞贓乎？

丁巳以後，賤臣頻登筵席，親承先朝丁寧之敎，且於疏廳往來之人，的聞其所目擊者有之，向所云異於道聽塗說者此也。聖敎嘗曰："浚賊之意，未必有積怨深怒於爾家也，特爲景淳之所誤，渠則自以爲主義理任世道云爾。"賤臣曰："南學疏，未論其他，卽僞㓐二字，千古所無之創語。如僞喜僞怒佯驚佯憂詐親詐哭等矯飾之名目，何限於方策？而獨無所謂僞㓐者，以其㓐不可僞爲也。若以幸而不死，輒歸之僞㓐，則鄭蘊之南漢大節，亦可曰僞乎？此二字，實甚於

書　259

《排節義論》矣。"聖教又曰:"此說儘然,而奚特此也?此爲何等不忍提不敢道之義理,而渠輩亦有人心,尚敢把弄此義,作爲敲憾戕異之欛柄乎?"玉色不豫,顧謂筵臣曰:"一邊人有何毫分功德於予?不過粧出南學疏,誣辱予一番而止。"大哉,聖人之無微不燭也!

嗚呼!當是時也,苟非我先朝觀變玩占多方救援之大德洪恩,則儒疏中臚列之諸家,固無論已,如所謂"郊外祗迎,出於逞凶之計云云"、"三浦張帆之遊,決不止二賊云云"、"春·桂坊之逃走,亦多有人云云"、"相臣·宗伯不擧服制之儀云云"、"遷園時百官服制,泮儒肆發悖說云云",如此推刷半世之人,誰復得脫於磨切之毒手哉?

且於原疏洗艸之後,聞有過齋後再擧之論,送人偵探於浚賊,則浚賊曰:"昨日筵中,自上多下嚴教,使我禁止。故以'如欲禁止,則往見李祖源,以下教恐喝,然後可以禁止'爲奏,而上意頷可。故筵退之路,委訪祖源,力言其不可再擧,則始頗落落,及吾誦傳筵敎,且曰'聖意如此,而台猶欲不止耶?台之頭二三,則吾不知也,只有一頭,則須加商量',於是祖源大恐,卽席招其子,使之急往疏廳割名,幷令疏廳諸人,勿兩言散歸云云。"今則無慮矣,伊後聞之,則南學聚會者見後秀割名,且聞浚賊之言如此,而果各割名散去,志燮於是乘醉大哭云矣。

此壬子事顚末之槪略,而外此午人之恃濟恭蠐蛓,又另是一局羅刹,言之氣憤,思之心痛。想台之同此憤痛,而亦豈容不言不思乎?不特吾兩家,幷願同禍諸家之相與出力，共成此書也。

答四從兄晚山公

弟家所遭，眞是洗垢索瘢，執此陷人，百世且毋論，雖於當世，尚能厭服物情哉？ 槪聞今番臺論之發也，藥院提擧溯考本院故事，則醍醐湯與他節獻有異，國朝以來，只封進一劑於大殿而已，元無各殿宮分封之例。及至孝廟朝，有大妃殿、中宮殿一體封進之敎， 則藥院以國朝所無之例不可刱開之意，措辭防啓，而上批以爲"坤殿則置之，慈殿則自今爲始， 刱例封進矣"。 伊後英廟丁亥， 有加一劑封入之敎，而無坤殿進獻磨鍊之命者， 似因孝廟朝已經防啓， 故不欲別刱新例而然耳。

自是以來， 元封一劑、加封一劑， 逐年封進， 以至丙申。 而丙申大喪， 出於三月；醍醐湯磨鍊，在於前三朔二月，則端陽封進時，已磨鍊之加封一劑，仍作慈殿進獻。而加封名色，自在勿論，至若坤殿進獻，雖有特敎，古人猶且防啓， 則孰敢以前日加封之下敎， 自下移施於舊例所無之進獻哉？ 況藥院之按例封進者，如生蟹、煎藥等凡係飮食之屬， 并無坤殿另獻之規， 蓋進獻於大殿者， 卽所以進獻於坤殿， 而非如衣香、芙蓉香、臘劑等屬之爲各殿不時之需故也。

其所立制，各有意義，而計急敲憾，言好藉重，則反脣

塗面, 闐堂而起, 不復問事之虛實、例之有無, 似此風習,
豈治朝之所宜有耶?

且闕封云者, 常例所有, 無端中撤之謂也。丙申提調,
若以不刱新例, 冒之以闕封之罪, 則孝廟朝提調之防啓於
特敎之下者, 當置何律? 曾謂"懲討之大義", 而隨時隨人,
可上下其手乎?

當丙申之初, 國榮以副提調, 長處禁中, 藥院大小事,
依承文院公事提調例, 獨自主管之。傳敎昭載謄錄, 在外之
提調, 特備其位。而國榮逆節, 當斷以"沮遏大計"之鐵案,
至若此事, 雖國榮, 決不當勒加以闕封之目。藉如臺言, 使
國榮潛懷貶薄之凶肚, 欲售闕供之逆謀, 則藥院所封進各
殿宮常獻, 有許多名色, 而衣香、芙蓉香, 又是端陽日, 與
醒醐湯一時封進者何故? 或封或闕, 取捨於其間耶? 大抵
國榮之向國母不道之心, 始萌於其妹入宮之後, 而在丙申
五月, 則渠方以孔道輔自比, 懲討恒、簡之時也。設令外假
名義, 中逞奸謀, 孰能於此時, 以此事疑國榮哉?

至於"受國榮指嗾云云", 尤不滿一哂。此則己亥國榮進
黜之餘, 以國榮卵育之私黨爲國榮圖復入之階, 乃於關西
伯辭陛之日, 力請以文衡召還國榮者, 自可當之。弟家則與
國榮角立, 實在己亥五月, 而其端則傍聽榮賊向坤殿不道
之說, 忠憤所激, 前席面叱。涉秋徂冬, 幾陷罔測之狀, 塗
人耳目, 具有本末, 今以此說, 爲構捏弟家之資斧者, 何異
於誣伯夷之貪而嗤樊噲之惻哉?

似聞日前喉院公會, 金令宗善對一二卿宰, 話及此事

曰："此大臣之立朝事迹，吾未詳知，而至於此事，獨知其至寃極痛。己庚年間國榮罪去之後，此大臣每於從容筵中，仰勉兩宮諧合之道，不啻屢矣。末乃以外間辭說之不可不念，涕泣縷陳，則聖心大加警動，遂致兩宮之無間者，專出此大臣一言之力。故大妃殿常誦此事，深有感於此大臣。此實外廷之所未悉，而吾所獨悉。今反以向坤殿不盡分之罪，加之於爲坤殿大樹立之人，天下尚有是耶？"即此酬酢，發於稠坐，郵傳一世，而猶且聽若不聞，惟以借此話櫨快吾私讎爲妙策，不料世道人心至此其叵測也。

先儒云："韓侂胄奸深不若蔡確，險戾不若章惇，陰賊不若蔡京，悖逆不若秦檜，而玉津之殛，蒙禍偏酷者，特以趙汝愚爲定策大臣，而鍛煉擠排，必置之死地而後已者。天所以報施不如此，不足以洩同憤也。"嗟乎！天道互換，豈異古今？儻思我先朝"攻卿即攻予"之聖訓，雖於攘臂眈眈之中，得無怵惕瑟縮之態耶？

來教欲詳其本事顚末，故不能不煩諸筆札，俯覽而即去之，不至轉掛他眼，重觸密網，幸甚。

答永安國舅

橐鞬之會、牛耳之盟，主之者代不乏人，而恣肆則失之駁，摹擬則滯於局，斯道之寂寥也久矣。苟掃管災梨之盡謂之作家，則董澤之蒲，可勝旣耶？

自得盛什，驟讀之，但覺感慨崽兀，有無限風致，細按之，漸驗其字字妥帖，句句警秀，宛回放翁得意時氣調。今人卽勿論，試評文苑諸集，可與此篇方駕者能幾家？明堂之梲，必畫侏儒；孤竹之塗，先縱老馬，莫謂此諛詞，亦莫謂我如子固之不能詩。半生結習，自出眞慧，往往透人看未到處，大抵以成就地步言，匪直一時一作之高下論也。

傳膽兩本，弁卷粧池，仍以讀書，自西漢以上之圖章，印諸題首，一本分呈。此於闡揚昔日聖志之道，未必不爲洞酌之補滄海，吾輩安得不十襲珍重也乎？

朱書兩種之爲何名目？爲幾卷帙？願使傍史詳檢，錄示於此回，萬一難於檢錄，則兩種目錄卷，暫許借閱尤好。當雩考便還耳。不備。

答宋甥莊伯持養

《論語》"自牖執手"之解，古註所謂"牛有惡疾，不欲見人，故孔子從牖執其手"者，只是隨語生解。而朱子《集註》，引《禮》疏"病者恒在北牖下，若君來視之，則暫時移向南牖下，令君得南面而視之"之文，以爲"牛家以此禮尊孔子，而孔子不敢當，故不入其室，而自牖執其手"云爾，則亦不免於委曲遷就，過費說話矣。

夫疏等耳，《論語》疏之據文直詮者，在所不取，則《禮》疏之另論君視臣疾之禮，何干於師弟子之相接？況"孔子之不敢當"以下，本無舊說之可據，而特因《禮》疏，以己意推演立解，則此係實事，非如義理之可以思獲者，他無取證之文，而臆斷其必然，得不未安乎？至如金仁山之以牖字謂當作墉，則尤有乖於"尊信經文，不敢輒疑"之古訓。吾於尊朱，自有平生血誠，而此等處，亦不欲苟從者，蓋心所未喻，而口且曰"唯"，非愚則佞故也。

來示所疑，儘合講明。吾於年前赴燕時，見關內外風俗，往往有足徵古制者，而人家土炕，皆近牕牖，問之居人，則齊、魯之俗皆然云。然則問疾者不入戶，自牖執手，以致死生之訣別，自是常事，特南方宮室之制，與此有異，故紛紛詮釋。若是其費力，充類至盡，何經不然？何疑不然？

近閱《群經別解》，亦與吾說相似。如吾不信，須取別解而參考焉。

答金婿元益魯謙

六藝之學，書數最失其傳。故朱子於《儀禮通解》，有其目而無其說，蓋有待於後世之能者云爾。數則寥寥千載，扣槃捫燭，而及至皇朝，徐文定公始得不傳之緒，曆象諸法，一洗中古之陋。

書則自許叔重《說文》出後，六書之家奉為尸祝，尊信表章，幾亞六經。而但為李巽巖《五音韻譜》所汩亂，始一

終亥眞面目，殆不可復睹，則識者之歎惜，厥惟舊矣。近有
毛扆按北宋本校刻者，一還本書位置，且於廢興源委，考證
頗詳。吾幸得一本，藏諸經庫，故送去，一覽而還癡也。

　　至如趙凡夫之《長箋》，來示以爲不可闕之書，則豈未
及深考而隨人口吻耶？此書之行，適當好奇務新之日，依
俙模索，往往暗合於六書之指。故雖盛稱當時，流布後世，
而其實之固陋滅裂，終莫逃於具眼之見。今且以一二紕繆
證之。《爾雅·釋畜》[9]，昭著“騋，馬白州[10]”之訓，而乃云“未
詳疑誤”；《尚書》、《魯論》，明有“猾夏”、“諸夏”之文，而乃
云“起唐夏州”，“先簿正”之見於《孟子》，而謂之“唐晚始見”；
石經本之大書開成，而謂之“蜀經字法”。至若箋邜[11]會意，
以爲“地近京口，故從口”，則西安、鎭江，眞風馬牛之不相
及，而尤其可笑之甚者。錢虞山所謂“《長箋》出而字學亡”，
顧亭林所謂“好行小慧，求異前儒”者，豈皆苟評哉？

　　雖然，近日新學之痼弊，多在於稱說先民，反脣相稽。
吾特因君言而誦其差處如此，非欲效陳大章之作辨駁也，此
意亦不可不知也。

9　畜：底本에는 “蓄”. 《爾雅》에 근거하여 수정.
10　州：底本에는 “洲”. 《爾雅》에 근거하여 수정.
11　邜：底本에는 “叩”. 《說文長箋》에 근거하여 수정.

著者 徐瀅修8

1749(英祖25)~1824(純祖24). 本貫은 達城, 字는 幼清·汝琳, 號는 明皐이다. 大提學 徐命膺의 둘째아들로 태어나 叔父 徐命誠에게 入養되었다. 35歲(1783, 正祖7)에 增廣 文科에 及第하고 이듬해 弘文錄에 들어 副修撰(從6品)이 되었으며 그해 12月 抄啓文臣에 選拔되었다. 內外 官職을 두루 거쳐 57歲(1805, 純祖5)에 京畿 監司에 올랐으며, 51歲에 進賀兼謝恩副使로 中國에 다녀왔다. 《群書標記》·《奎章閣志》 等 많은 國家 編纂 事業에 參與하였다.

叔父 徐命善이 正祖의 卽位 過程에 세운 功으로 因해 特別한 知遇를 받은 한편, 正祖의 卽位를 妨害하려던 洪啓能의 弟子라는 理由로 出仕 前後에 몇 次例 彈劾을 받기도 했다. 1806年 金達淳의 發言 ― 思悼世子 代理聽政 時에 學問 精進과 政事의 勤勉 等을 諫言했던 朴致遠·尹在謙을 表彰해야 한다고 主張 ― 으로 因해 이듬해 불거진 獄事에 連累되어 1824年(76歲) 別世할 때까지 19年 동안을 流配地에서 지냈다. 文章은 清나라 徐大榕으로부터 唐宋八大家 中 하나인 柳宗元의 솜씨라는 評을 받았다. 學問은 朱子學의 思惟에 발을 딛고 있으나 그에 갇히지 않았다. 詩 創作의 背景과 意味 脈絡에 注意하여 《詩經》의 詩를 穩全히 理解하기 爲한 努力으로 《詩故辨》을 著述하는 等 考證的인 學問 方法과 精神을 收容하였다. 朝鮮 學問의 幅과 體系가 一新되던 時代 그 現場의 中心에서 開放的인 態度로 紀昀 等 中國의 碩學들과 交遊하며 正祖의 意慾的인 圖書 購入에 助力한 人物로, 進就性과 愼重함이 아울러 돋보이는 學者·文人이다.

校勘標點 李奎泌

慶北 醴泉에서 태어났다. 啓明大學校 漢文教育科와 慶北大學校 漢文學科 碩士를 卒業하고, 大邱 文友館에서 修學하였다. 成均館大學校 漢文學科에서 〈臺山 金邁淳의 學問과 散文 研究〉로 博士學位를 받았다. 韓國古典飜譯院 研究員, 成均館大學校 大同文化研究院을 거쳐 現在 慶北大學校 漢文學科에 在職 中이다. 論文으로 〈朝日 經學界의 風土와 註釋 樣相 比較〉가 있고, 譯書로 《無名子集 3·4·11·12》, 共譯書로 《韓國의 茶 文化 千年》, 《國譯 隨槎錄》이 있다.

校勘標點 姜珉廷

1971年 濟州道 涯月에서 出生하였다. 서울大學校 地球科學教育科를 卒業하였다. (舊)民族文化推進會 附設 國譯研修院 研修部와 常任研究部에서 漢文을 受學하고, 成均館大學校 漢文古典飜譯協同課程에서 文學博士 學位를 取得하였다. 韓國古典飜譯院과 成均館大學校 大東文化研究院 據點飜譯研究所의 研究員을 歷任하였다. 《農

嚴集》,《無名子集》,《明皐全集》,《承政院日記(高宗·仁祖)》,《雪岫外史》,《校勘學槪論》,《七政算內篇》,《孝經注疏》等의 飜譯에 參與하였다. 博士學位 論文《九章術解의 硏究와 譯註》外에《算學書 飜譯의 現況과 課題》등 多數의 論文을 發表하였다.

校勘標點 李承炫

1979年 慶北 浦項에서 태어났다. 成均館大學校 大學院에서 博士課程을 修了하였으며, 韓國古典飜譯院 古典飜譯敎育院 硏修課程을 卒業하였다. 韓國古典飜譯院 硏究員으로 在職하며 飜譯 및 編纂에 參與하였고, 現在 成均館大學校 大同文化硏究院에서 圈域別據點飜譯硏究所協同飜譯事業에 參與하고 있다. 飜譯書로《滄溪集 2》(以上 單獨 飜譯),《滄溪集 4》,《承政院日記 英祖 83·93》,《東川遺稿》,《孤山遺稿 4》,《譯註 唐宋八大家文抄 歐陽脩 3·4·5》(以上 共譯), 校點書로《校勘標點 承政院日記 仁祖 41》,《校勘標點 滄溪集 1》, 編纂書로《韓國文集叢刊便覽》,《韓國文集叢刊解題 8·9》, 論文으로〈艸衣 意恂의 詩文學 硏究〉,〈紀里叢話 硏究〉,〈金時習의 張良贊의 裏面〉,〈徐瀅修의 明皐全集 詩稿를 通해 본 原텍스트 毁損〉等이 있다.

校勘標點 張星德

1977年 慶北 奉化에서 태어났다. 忠南大學校 中語中文學科를 卒業하고 慶尙大學校 漢文學科 大學院에서 碩士 學位를 받았으며, 成均館大學校 東아시아學術院 漢文古典飜譯協同課程을 修了하였다. 成均館大學校 大東文化硏究院 硏究員을 지냈으며, 現在 全州大學校 韓國古典學硏究所 硏究員으로 在職 中이다.《響山集》,《月沙年譜》,《竹石館遺稿》等을 飜譯하였다.

圈域別據點研究所協同飜譯事業 研究陣

研究責任者　李昤昊(成均館大學校 HK 教授)

共同研究員　李熙穆(成均館大學校 漢文學科 教授)

　　　　　　陳在敎(成均館大學校 漢文敎育科 教授)

　　　　　　安大會(成均館大學校 漢文學科 教授)

責任研究員　金栄植

　　　　　　李霜芽

　　　　　　李聖敏

先任研究員　李承炫

　　　　　　徐漢錫

研究員　　　林永杰

校正　　　　李珉鎬　鄭用健

校勘標點

明皐全集 1

徐瀅修 著｜李奎泌·姜珉廷·李承炫·張星德 校點

初版 1刷 發行 2019年 12月 31日

編輯·發行 成均館大學校 出版部 ｜ 登錄 1975. 5. 21. 第1975-9號

住所 (03063) 서울市 鍾路區 成均館路 25-2

電話 760-1253~4 ｜ 팩스 762-7452 ｜ 홈페이지 press.skku.edu

組版 고연｜印刷 및 製本 영신사

ⓒ 韓國古典飜譯院·成均館大學校 大東文化研究院, 2019

Institute for the Translation of Korean Classics·Daedong Institute for Korean Studies

값 20,000원

ISBN 979-11-5550-364-5　94810

　　　979-11-5550-366-9　(세트)